물의 나라에서 보낸 하루

KB026691

물의 나라에서 보낸 하루

—
초판 1쇄 2022년 4월 1일
지은이 김 종
펴낸이 김영재
펴낸곳 책만드는집
—
주소 서울 마포구 양화로3길 99 4층 (04022)
전화 3142－1585 · 6
팩스 336－8908
전자우편 chaekjip@naver.com
출판등록 1994년 1월 13일 제10－927호
© 김종, 2022
—
* 이 책의 판권은 저작권자와 책만드는집에 있습니다.
이 책 내용의 전부 또는 일부를 재사용하려면 양측의 동의를 받아야 합니다.
* 잘못 만들어진 책은 구입하신 서점에서 교환해드립니다.
* 이 책은 광주광역시 문화예술창작지원금으로 발간되었습니다.
—
ISBN 978－89－7944－788－0 (03810)

물의 나라에서 보낸 하루

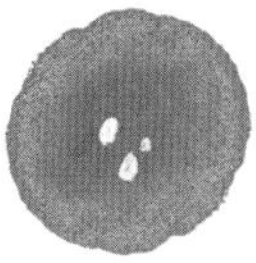

김종

육필시조시집

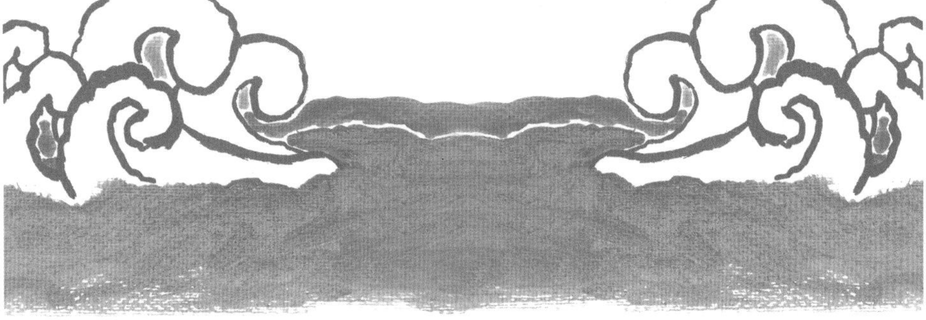

책만드는집

차례

3부 — 처용의 고래농사

4부 — 안면도를 보며

5부 — 立冬

파도

아득한 허공을
차례차례 스쳐나와

흔들리는 모습을 찾으려
눈을 뜨는 鶴의 무리

언저릴 기어오르는
새하얀 喝采여!

—1966년 단국대학교 주최
전국고등학교 시조현상공모 당선작

파도와 황소

〈自序〉

투명누에를 꿈꾸며

나는 언제쯤 뽕잎 먹기를 그만두고 투명누에로 섶에 오르나. 뽕잎만 탐하고 비단짜기는 등한한 이날까지의 나는 고치 짓지 않고 빈 물레만 돌리는 누에가 아니었으랴. 뽕잎에서 다시금 실뭉치를 뽑는다. 지구를 온통 시조비단으로 감아내고 싶어서!!

2022 白石山 신록을 바라보며

김 중 삼가

1부

물 저장나무 소식

물 저장나무 소식

물의 나라에서 보낸 하루

무지개가 꽃인 것을
오늘 알았다

한 발 한 발 좁혀든
참 신비한 구석자리가

한 아름 햇빛에 웃는
별자리를 띄우더니

뚝 뚝 뚝 하늘에서 눈물을 받아내고

맑은 얼굴 옮겨다가
하늘하늘 수초되고

그 수초 허리를 내어
강물을 휘감았다

변색 없는 만남을
짝 맞추고 싹 틔우니

평일에 자란 햇살
청색기질로 우거지고

까마득 하늘바다가
호수처럼 앉았다。

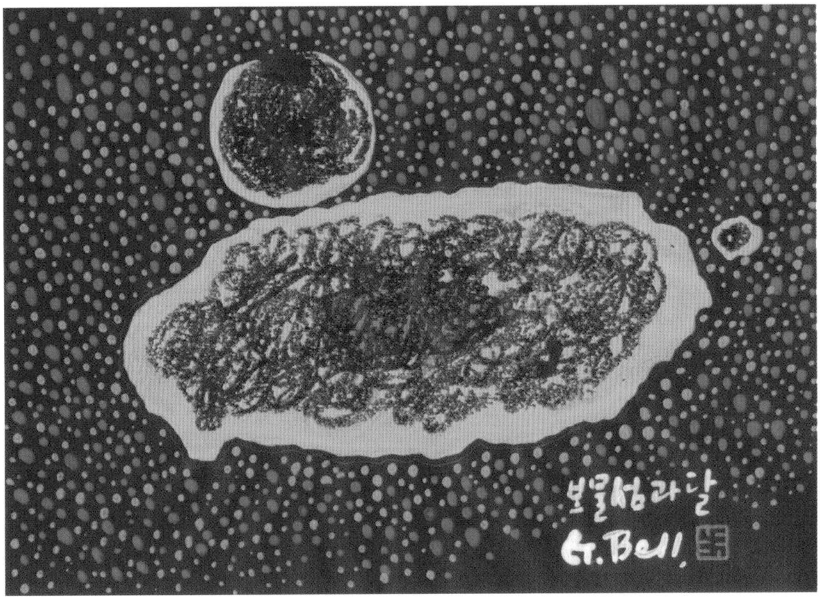

보물섬과 달

물저장나무 소식

1
한강 낙동강 금강 섬진강 영산강 水系 주변
일렬로 줄을 세운 굴참-갈참-자작-고로쇠를
물저장 탱크나무가 능력 위주로 심어진다!

2
산림청이 개발한 발상 삼천리에 흘러넘쳐
깨끗한 물 너나없이 중단없이 마신다니
탁월한 수종개량에 물걱정은 이제 끝!

3
지금까지 숲의 구조는 단순림 위주라며
수원의 보유기능을 복층림으로 바꾼다면
더 이상 수질오염은 먼 나라 얘기라지?

4
5대강 수계에서 치산사업을 세우고
물저장 능력 또한 몰라보게 좋아지면
소양강 댐물사정도 10배쯤은 좋아진다?

5
속고산 지난 날을 숨김없이 말하자면
아흔아홉 지옥같은 이 나라의 식수사정이
기왕의 버티기보다 월등 낫단 얘긴가。

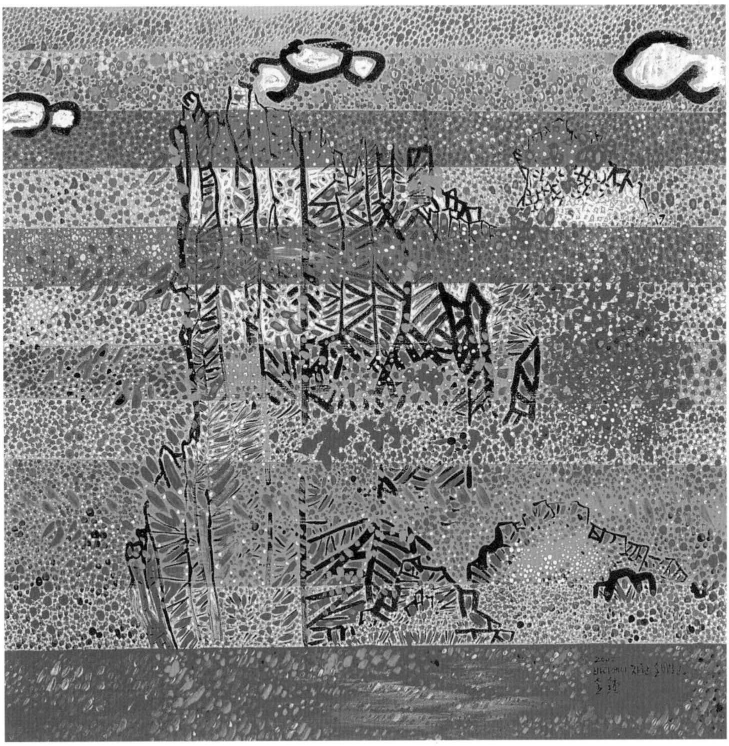

바다에서 자란 금강산

씨앗의 시간

마른시간 물 부어 장단처럼 세워놓고
눈비에 뒤덮여도 떡잎나고 꽃은 되어
둥지 튼 日月이 떠서 파란 숲을 열었다

갈망도 노래도 별이 된 물소리도
결빙을 공기 놀듯 녹여낸 소용돌이
햇살을 받은 씨앗이 다시 잦을 참인지.

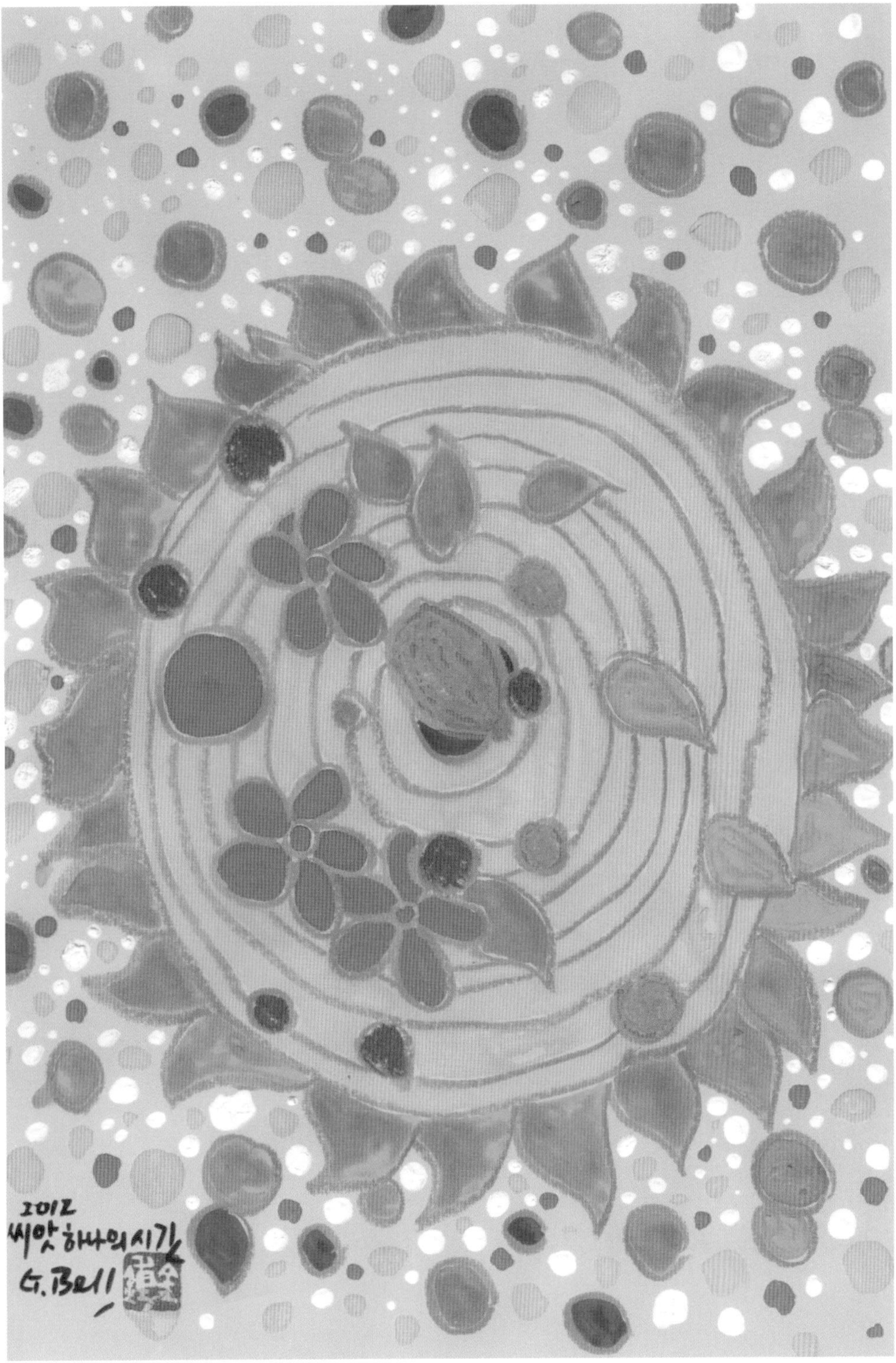

씨앗 하나의 시간

적막의 시작

노을의 하루가 제 땅 제 집 찾아가면
눈비 맞은 소식들은 집집마다 불 켜고
적막이 깊은 어둠을 느릿하게 만난다

나무들은 노래하고 호수는 춤추자고
순간순간 이야기를 꽃대처럼 흔들어서
뿌리가 돋은 적막을 나지막이 앉혔다

주름위에 심은계절 이마마다 꽃은 피고
하늘 땅의 물갈퀴로 고요를 헤엄치다
강물의 가장자리에 뛰어드는 별무리.

달밤

나 그대 갈망
—통일에게

1
그대 울음 해묵어
등 굽은 타령이고

쪼개 놓은 두 쪽 情表
맞춰보니 만월인 걸

갈망아 반쪽 갈망아
타는 속을 열어주랴

2
감아도는 피댓줄에
침묵하는 아픔 응시

이대로는 아니라고
끝일 수는 없다고

그대여 눈보라 넘어
청산되어 만나자.

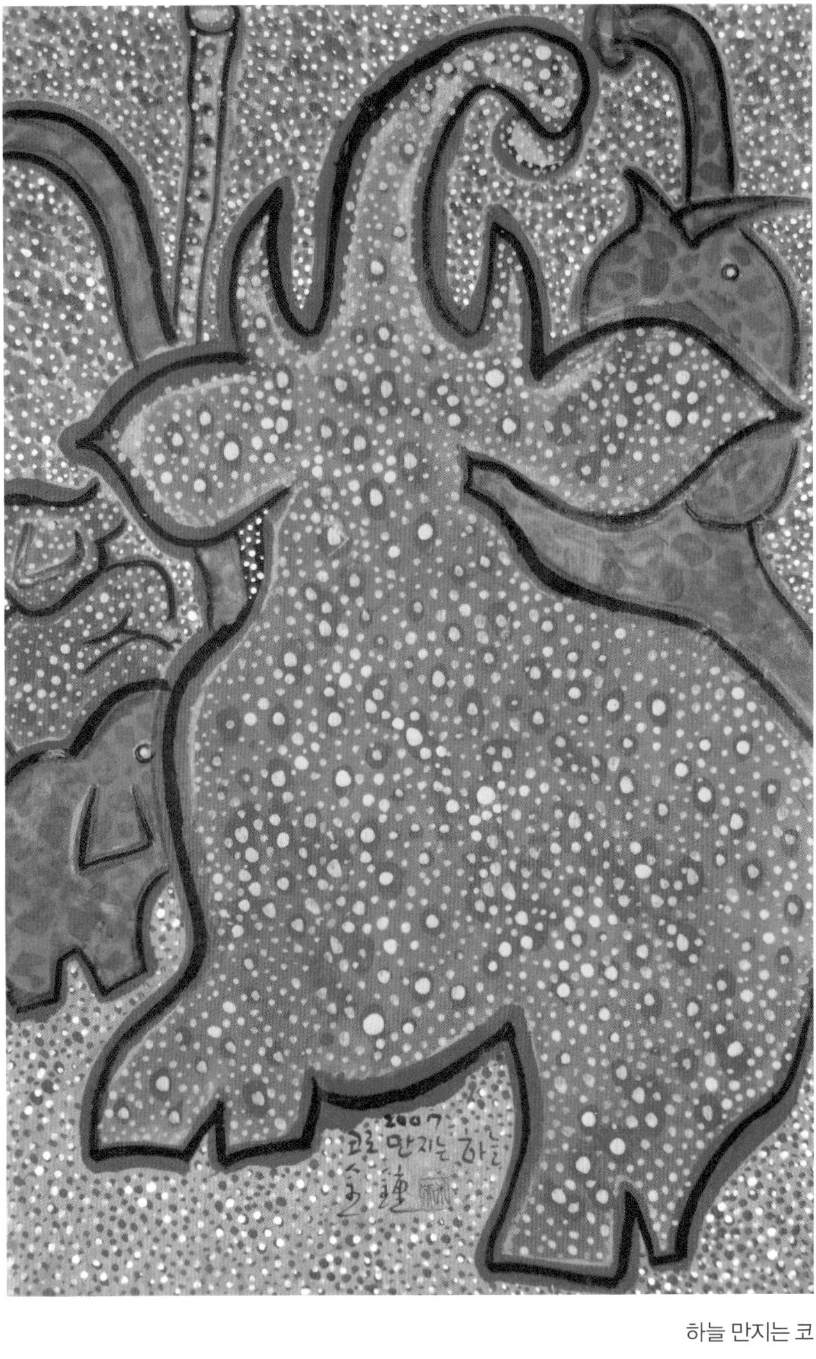

하늘 만지는 코

또 빈산에서

빈산 하나 잠들어
코털을 간질이면

난장에서 제 몸 흔드는 바람들의 허허벌판

발 빠른 풍경소리가
고기 떼로 떠간다

충만은 어깨에 지고
얼룩은 여백에 올려

치렁치렁 실버들이 허공을 사양할 때

산자락 태운 노을이
잔설 몇 점 안고있다.

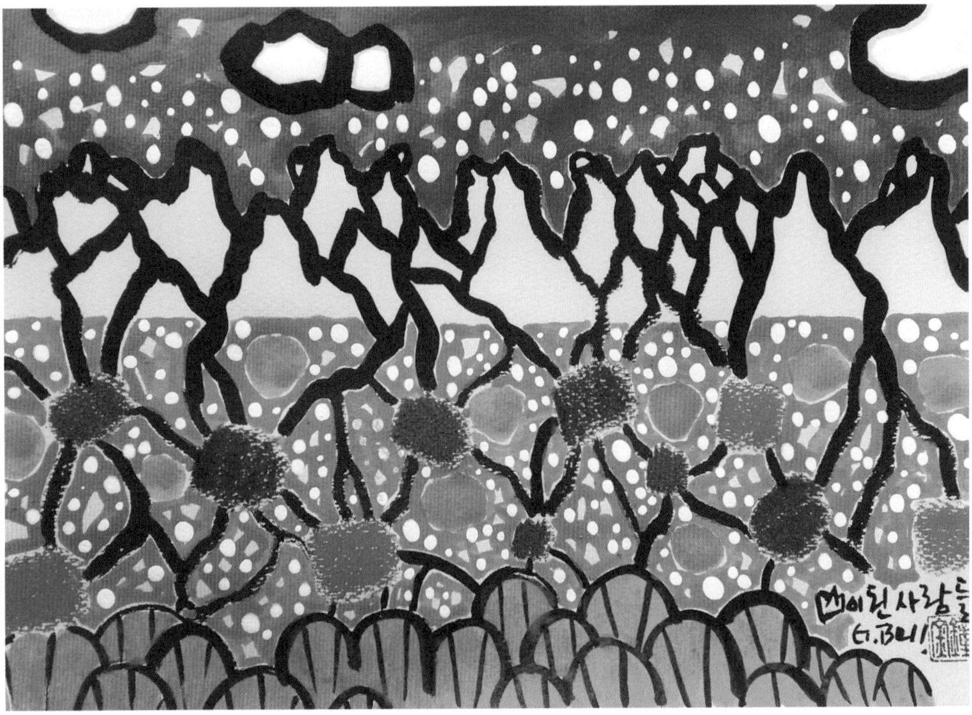

산이 된 사람들

水墨연습

붓대 하나 가는대로 握力이 춤추면
해질녘 수목들은 굼뜬 몸을 뒤척이고
하늘이 피고진 자리 구름들이 떠있다

숲에 든 강바람 새무리는 꽃 피고
산봉우리 마주보고 종일토록 웃자니
번지던 필획을 따라 보름달이 솟았다.

무성한 여름

이영도

사랑도 인연도 이라 무지개로 걸어두고

풍우 끝에 허심해진 천지간의 그리움을

뻐꾸기 절절한 곡조로 날개쳐 날으시다

귀막고 들앉아도 불티되어 날리는 세상

정도 한도 황홀하다면 落木인들 가벼우랴

당신이 오가던 꽃길만 이 계절도 피여이다

목 늘인 강나루 저리 밝은 달빛이면

사랑 또한 거역 못할 선연한 인연 탓이라

물소리 낭낭한 세상이 귀를 밝혀 흐릅니다.

※ 이영도(1916-1976) 한국적 가락의 재현에 힘썼고 낭만적 연정을 감각적 섬세함으로 노래한 황진이 이후 최고의 시인이다.

여왕과 일출

달그림자 천천히

창밖 어둠이 수평선을 눕혀놓고
나뭇잎 기울기로 꽃들은 피고진다
세상에 산맥이 와서 별로 뜨는 추억들

내통한 소문들을 먼 하늘이 소지하여
달그림자 둥근 얼굴 나무 위로 옮길 때
꽃그늘 푸른 뒤태에 귀가 트인 이야기들.

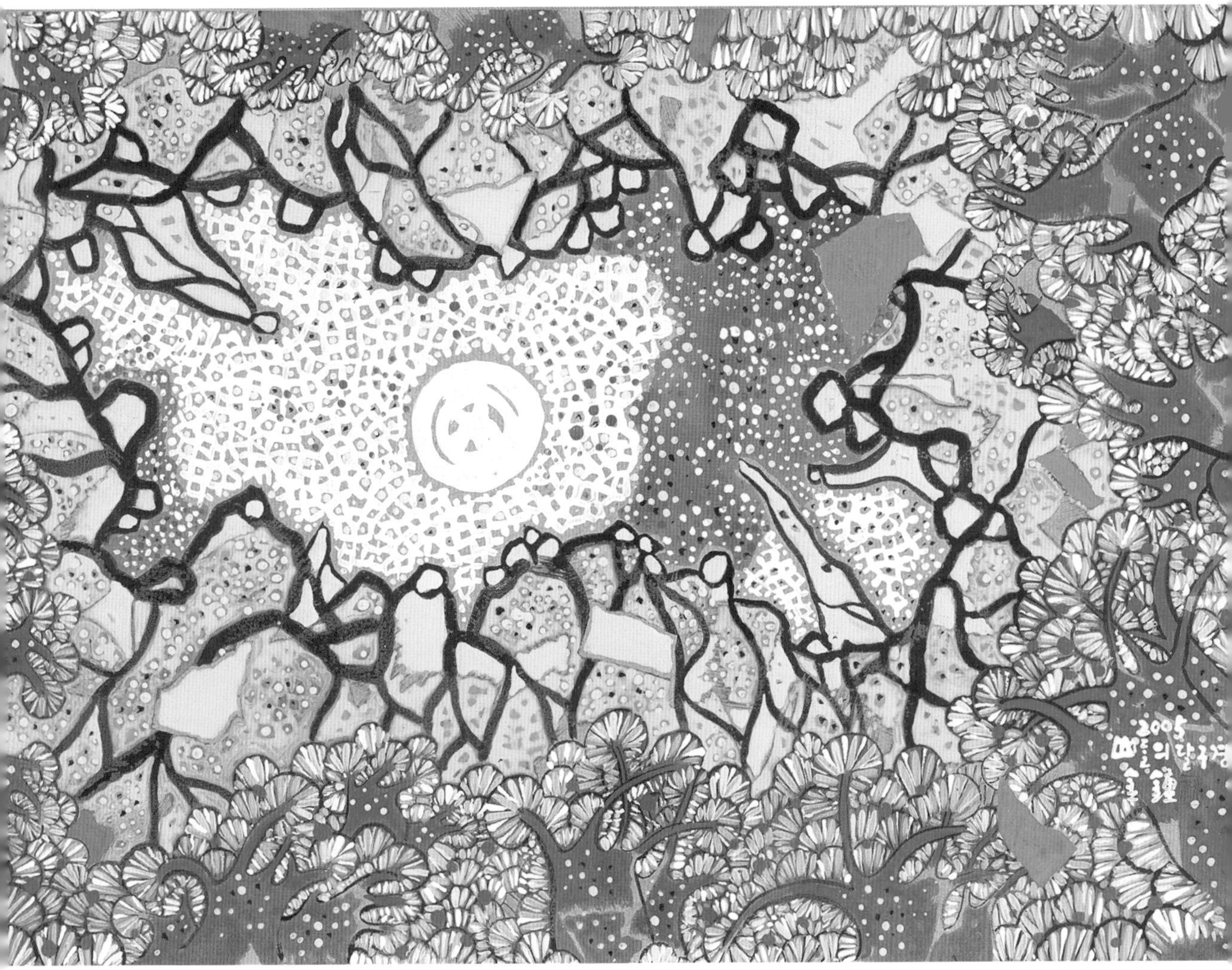

산들의 달구경

풀또기를 노래하다

느린 바람 물결을 노래처럼 보내니
엎드린 산맥 아래 바다는 출렁출렁
풀또기 따뜻한 계절이 제 세상에 춤추지

가만가만 실뿌리가 방파제 닿았는지
풀또기가 꺼낸 따도 하늘보고 꽃필때
지평선 날리던 풀잎 깃발처럼 설렌다.

난잎의 기울기

霜降무렵

산그늘 마른 몸이 허물 몇 겹 벗을 쯤

대자연의 뒷덜미가 체머리를 하는지

바다가 되지 못한 자 자꾸 산을 오른다

이슬 한 점 불켜서 어스름을 밝히고

하루하루 적막을 폭염처럼 식히고

새벽별 바라보기가 한결 수월하구나

편두통 조석바람이 감기몸살에 해롭다고

너른 허공 장지 발라 새 기분에 문닫으니

다버린 천지사방이 구름처럼 떠있다.

겨울 연리지

강물이 달릴 시각

날 저문 허공에 강물이 달릴 시각
바람이 꽃을 피우다 제집 찾아드는가
구름을 하늘에 올려 선박처럼 가는 달
천만리 어둠속에 보름달을 꺼내다가
가지 끝 우듬지가 노래하며 흔들리던
나무가 사람을 닮아 외등 하나 달았다
꽃잎이 감싸는 가난 하늘까지 길을 내고
몸을 날린 낙화유수 삼천궁녀는 봄날인가
바다가 폭포를 만나 나무처럼 자랐네.

파도의 탄생

물방개에게

하늘호수 오르던
물방개 한마리가

산그늘로 깔아놓은
꽃나무를 흔들더니

물면을 차고 흐르는
산천경개가 즐겁다네

오람이 품을 열자
연못은 파믈지고

구름머리 떠가는
푸른 하늘 궁금하여

등 뒤에 박수갈채를
뒤뚱뒤뚱 넘기면서.

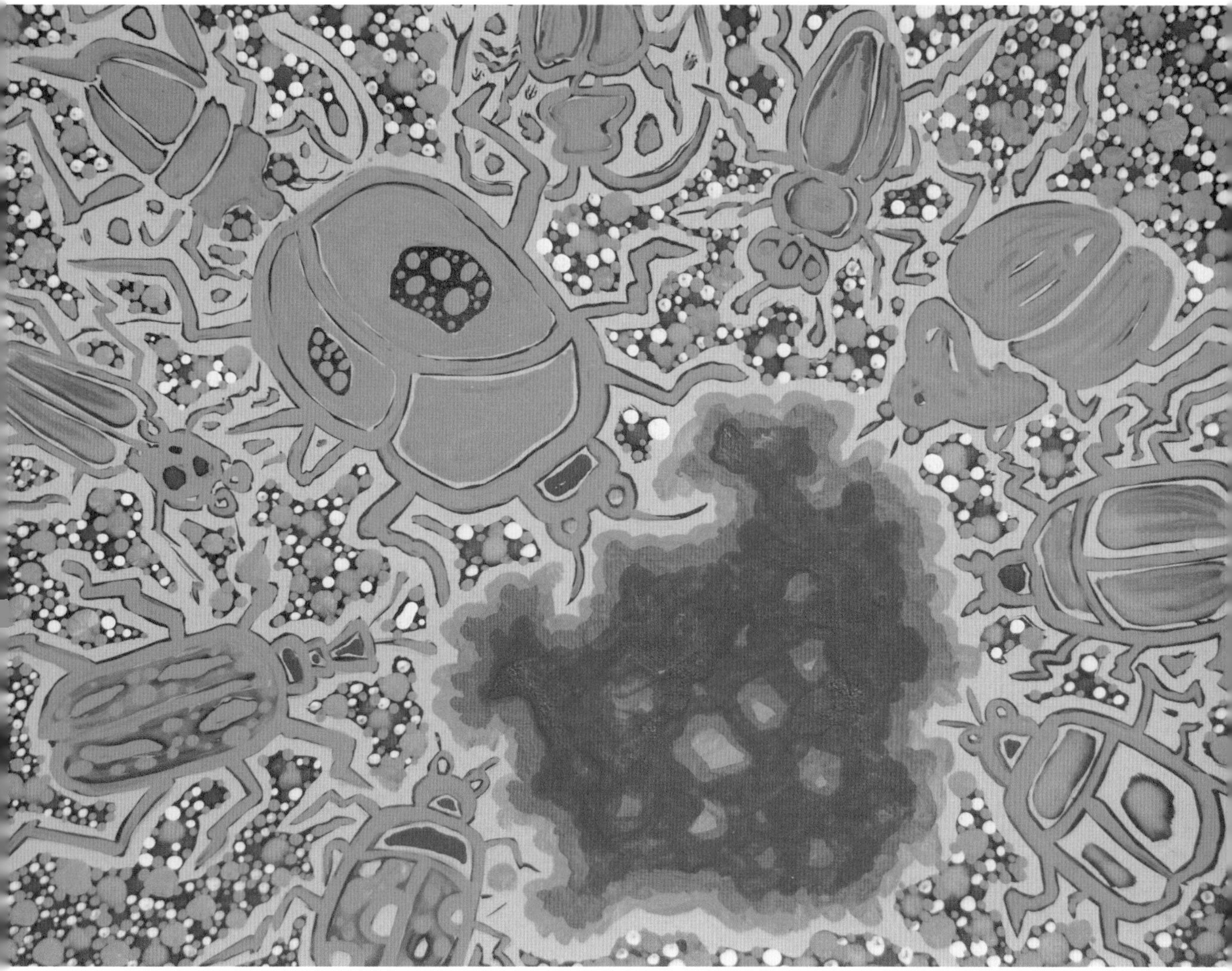

해돋이에 모이다

2부

허공 흔적

허공 흔적

허공 흔적

지우면 지울수록
돋을무늬가 되는 사람
사람 참 앙상했으나
꽃받침이 앙다문 꽃
그 꽃대 기어올라가
부처처럼 웃는 허공。

물고기 초상

치약

몸이 무른 연고
밀어올린 적당량을

눌러본 그 자리에
달려 나온 용병들

행여나 도망갈세라
포위당한 덴플러스。

사람을 사유하다

노을

밀물에 성욕하던
뱃머리가 타고 있다

하늘 한쪽 태우니
앞산도 타고 있다

선홍빛 범람을 올려
강물마저 고열이다.

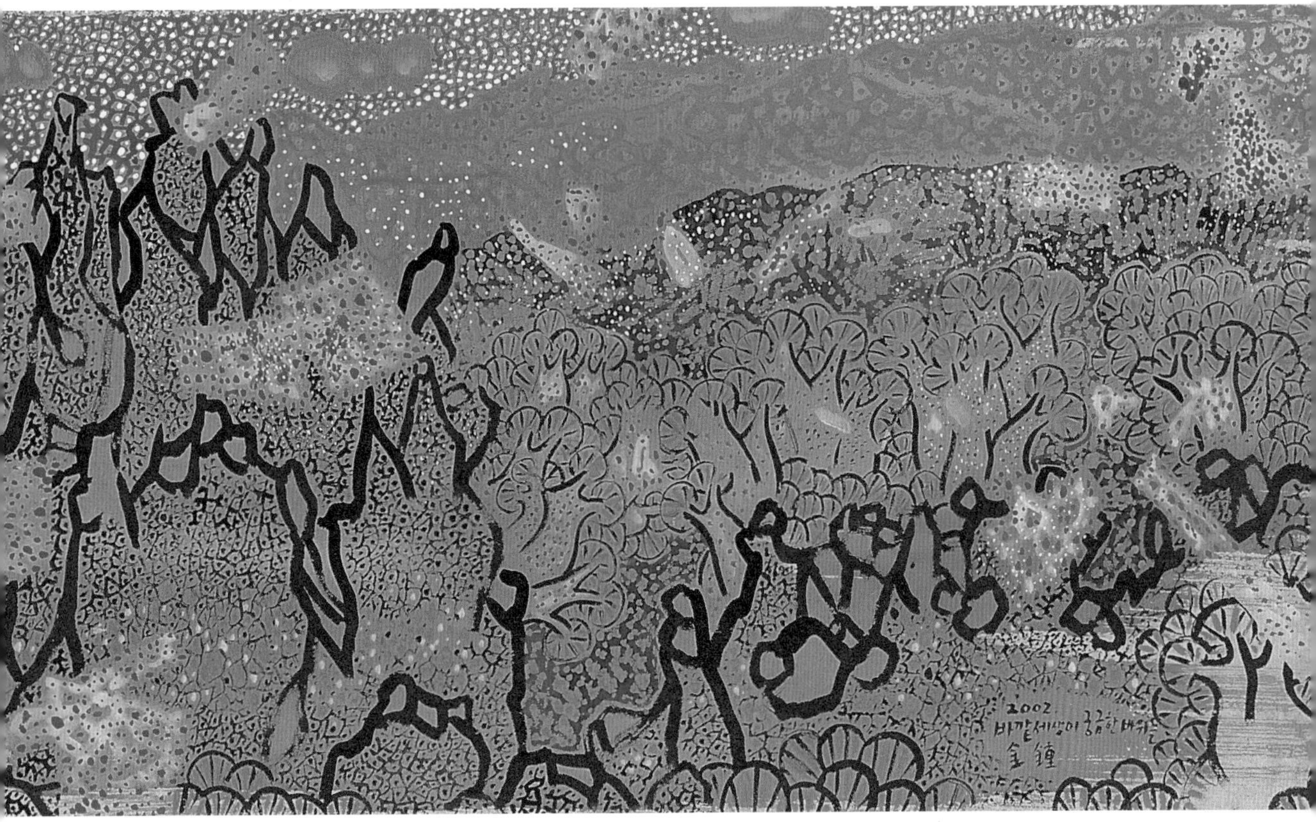

바깥세상이 궁금한 바위들

백운대

입 다문 山色위에
새떼는 날아가고
멀리 던진 그물로
화들짝 놀라는 강물
팔이 긴 나뭇가지가
천길 벼랑을 쓸었다.

※ 백운대 / 전남 나주시 남평읍 우진마을 石山.

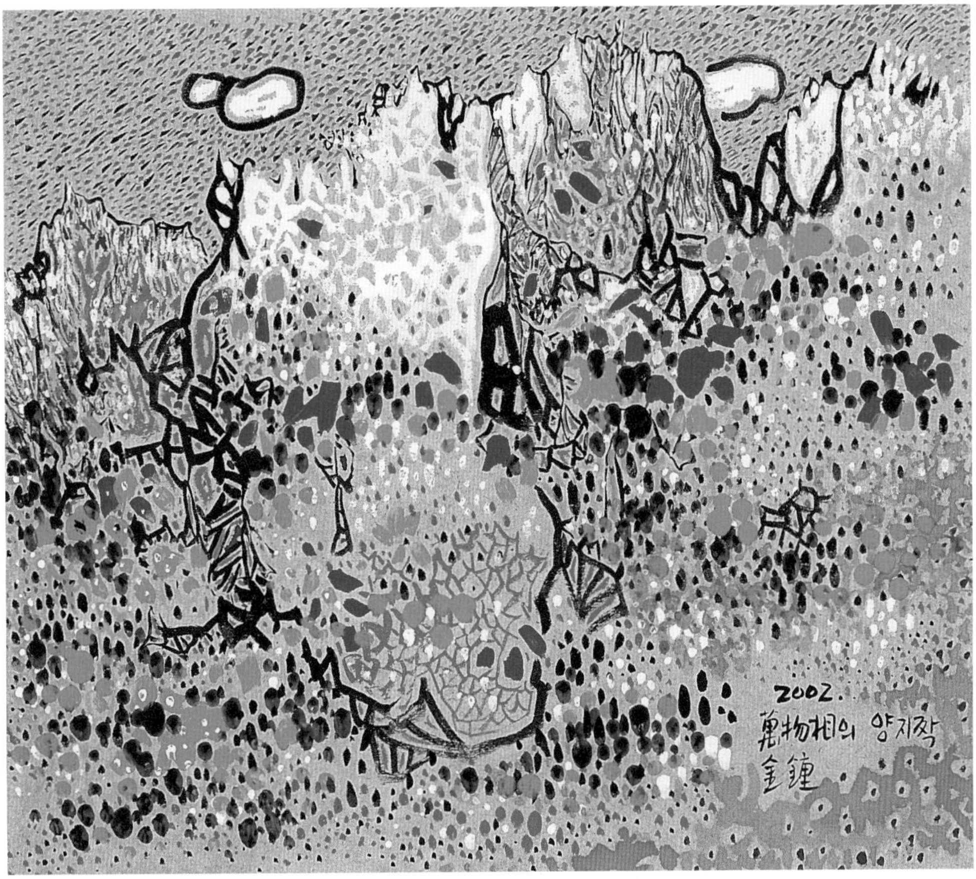

만물상의 양지짝

下棺

슬픔에 몸이 달아
낙하하던 허공 멀리
사라졌던 기억과
흩어졌던 울음들이

관속에 세월을 담아
저녁놀로 불탔다.

부처 부부

初夜

협곡은 달 띄우고
수렁엔 물 고였다
병풍 속에 모여든
구경꾼 산봉들은
어둠이 경험한 初夜
어른처럼 기침하네。

옥피리로 고백하다

구름

돛폭 삼은 그림자
젖은 몸을 띄웠다

목 늘인 산천초목
은하수를 흔들다가

검푸른 바람의 행장
황금마차가 달린다.

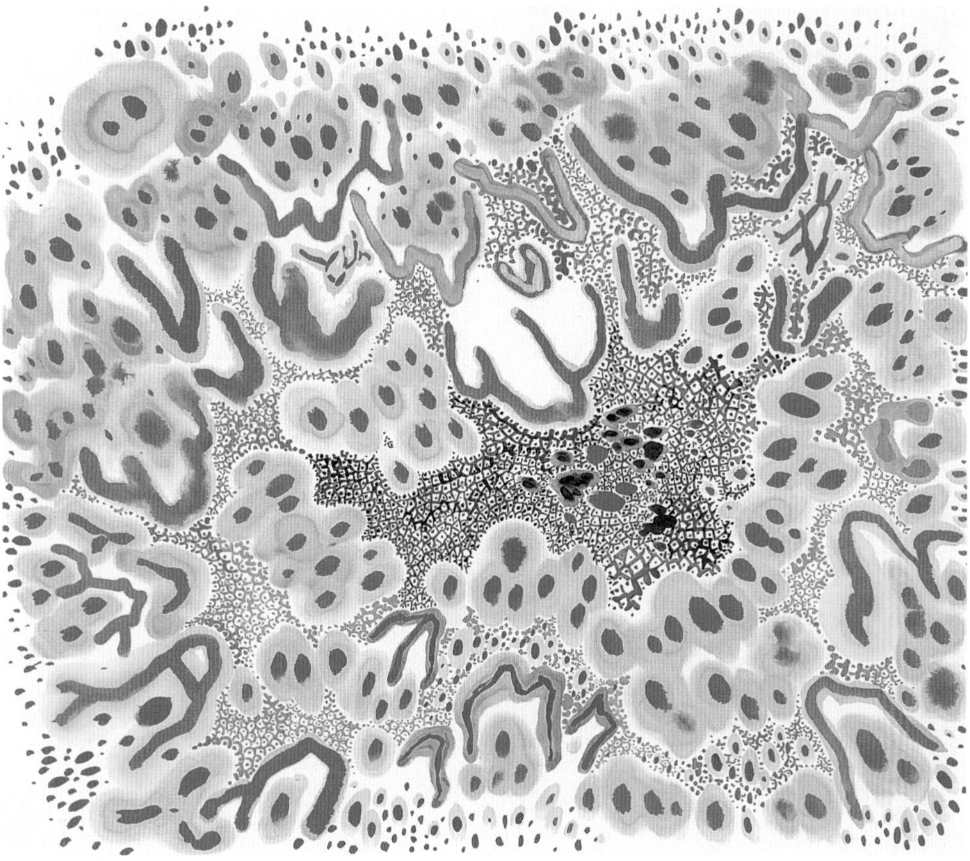

산들의 회담

우물

자궁밖 소식은
누군가의 설렘이고
거울 한쪽 당겨서
보름달을 띄우고
벼랑에 숨긴 세월이
우물처럼 고였다.

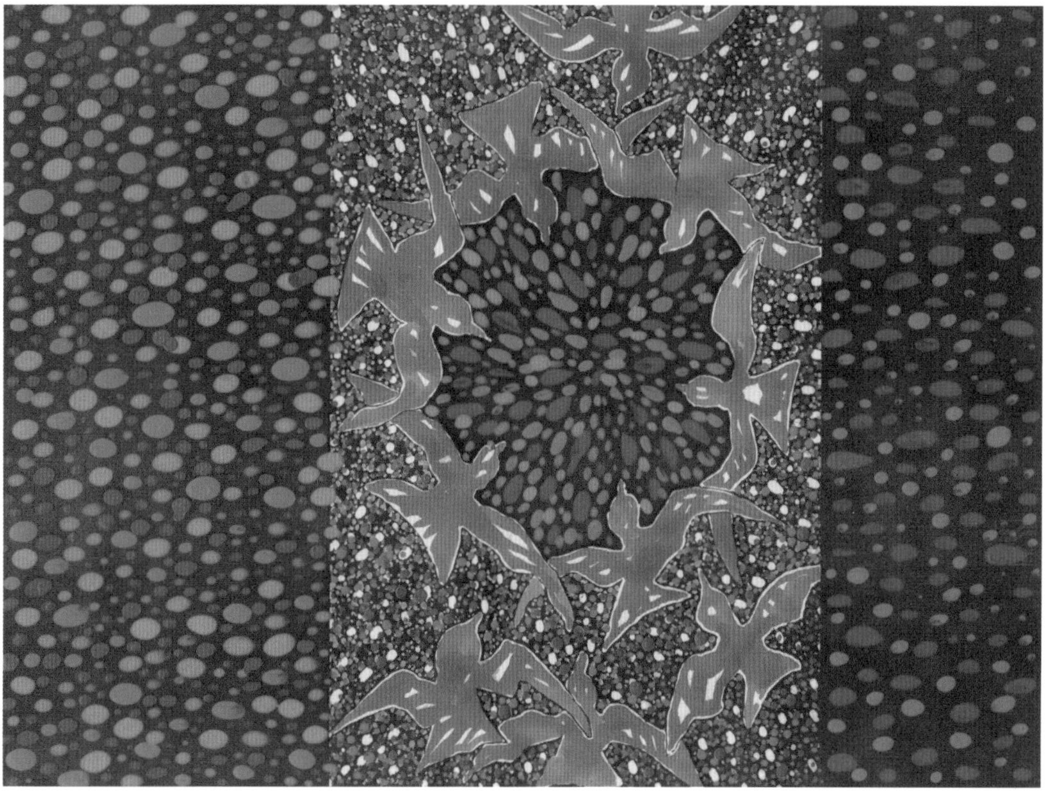

새날

山暮

목 늘인 계곡물
먼 길 가는
여행에

하늘 낮은 산천경계
마중나온
손님처럼

산맥들 팔굽혀펴기를
풀잎에게
맡겼다.

삼송정의 새

육십 중반의 저녁

상현달 굽은 허리가
바람 위에 떠가도
할 일 많은 전생에
산봉처럼 높거늘
어둠이 세월을 묶어
기침소리를 내는 중.

의자가 사람이다

풍경 1

햇살 한 단 묶어서
만경창파에 던진다
바다를 가둔 수평선
반짝반짝 일엽편주
바람의 춤사위 따라
깃발이 된 파도들.

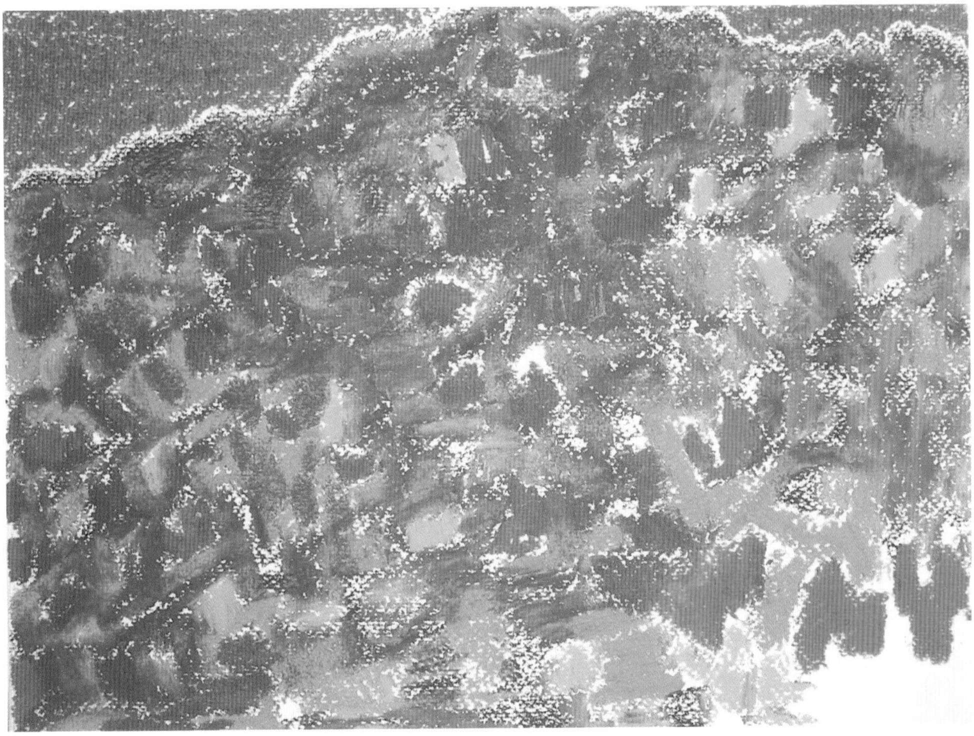

산

3부

처용의 고래농사

처용의 고래농사

처용의 고래농사

— 반구대 암각화를 보며

바다가 대지라면 파도만한 쟁기가 있나
푸른 심장 지평선에 낮은 울타리를 치고
농사로 고래 몇마리쯤 방목하고 볼 일이야
강남제비도 몇 번은 쉬어간다는 동해바다
해도 달도 떠오르면 능금처럼 건져오고
포경선 작살 따위는 구름방패로 막았느니
쟁기 잡은 처용과 보습 끌던 고래가
까치놀 하늘에다 한 동이 별을 뿌려
돌 쪼고 별을 기르던 이리 순한 시절인데
풍년든 고래농사로 사철식량이 넉넉하고

낮과 밤을 쉬어가던 대곡천의 바다가
별들의 광장에 나와 풍금소리로 울더니만
고래와 춤을 추면 이백년은 산다는 땅
연오랑과 세오녀는 일본 가서 왕이 되고
서라벌 나라 전체가 암벽 가득 놀더라.

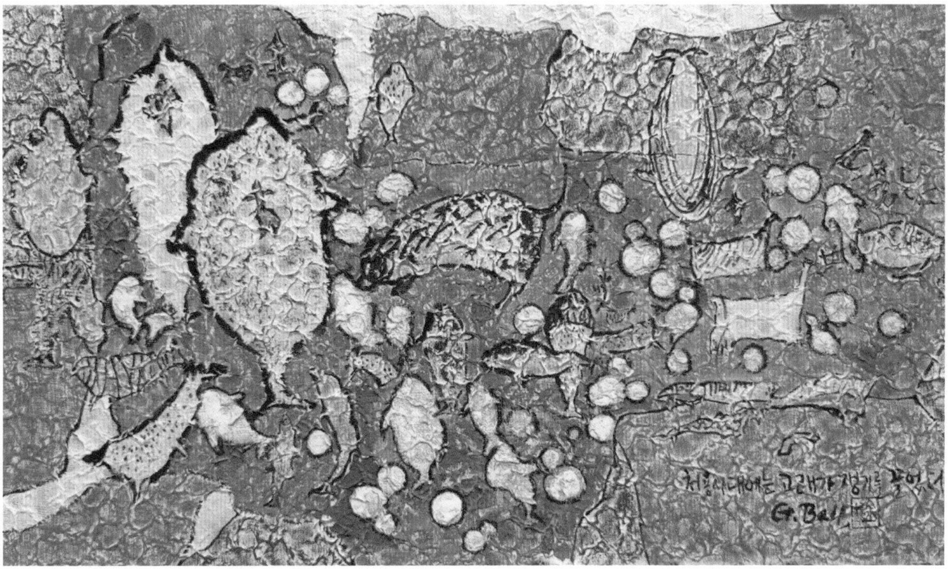

처용 시대에는 고래가 쟁기를 끌었다

옹기부처에게

흙덩이도 물에 개어 고열에 구워내면
사리처럼 여물들고 살결마다 꽃피어서
그릇의 둘레둘레가 처처부처로 미소하다

햇빛달빛 비바람이 설레설레 다녀가고
폭설이야 천둥번개야 휩쓸듯이 설쳐대도
면벽한 결가부좌로 기도하기 천년이라

숨 쉬는 생명이라 주근깨도 빛이 나고
변색 없는 극락왕생 손 모으는 이 시각도
지옥불 초벌구이가 蓮臺받친 등신불!

실크로드에서 만난 관세음보살

어느 한 甲子

별과 달 사랑사랑 물이 흘러 고랑치고
봄이 건넨 이 한 세월 눈물에도 꽃피니
향기로 넘친 하루가 처처마다 꽃밭이다
별무리 오솔길은 손님처럼 반갑고
두런두런 바람 속을 따라따라 거닐다가
강물이 낮춘 허리로 산마루를 넘었어
봄비 맞은 새싹은 예서제서 웃자라고
천만리 사연들을 두루마리로 펼쳐서
은하수 찬란한 산천 하늘 멀리 뻗었다.

세상을 연주하는 나

清閑

새 한 마리 날아서 이승을 건너는지
하사한 산그늘이 강물을 덮고 있다
조용한 그대 얼굴이 낮달을 띄울 시간

바람이 노는 자리 씨앗 받아 꽃 피고
둥가려운 나무들 들썩이는 저녁인데
햇빛에 구름이 나와 제 몸 말리는 곳이야

등 굽은 반쪽 달을 바다 높이 띄워 올려
수평선에 배 몇 척 길을 내고 넘어온다
산봉에 하늘이 내려 산이 자꾸 기울더라.

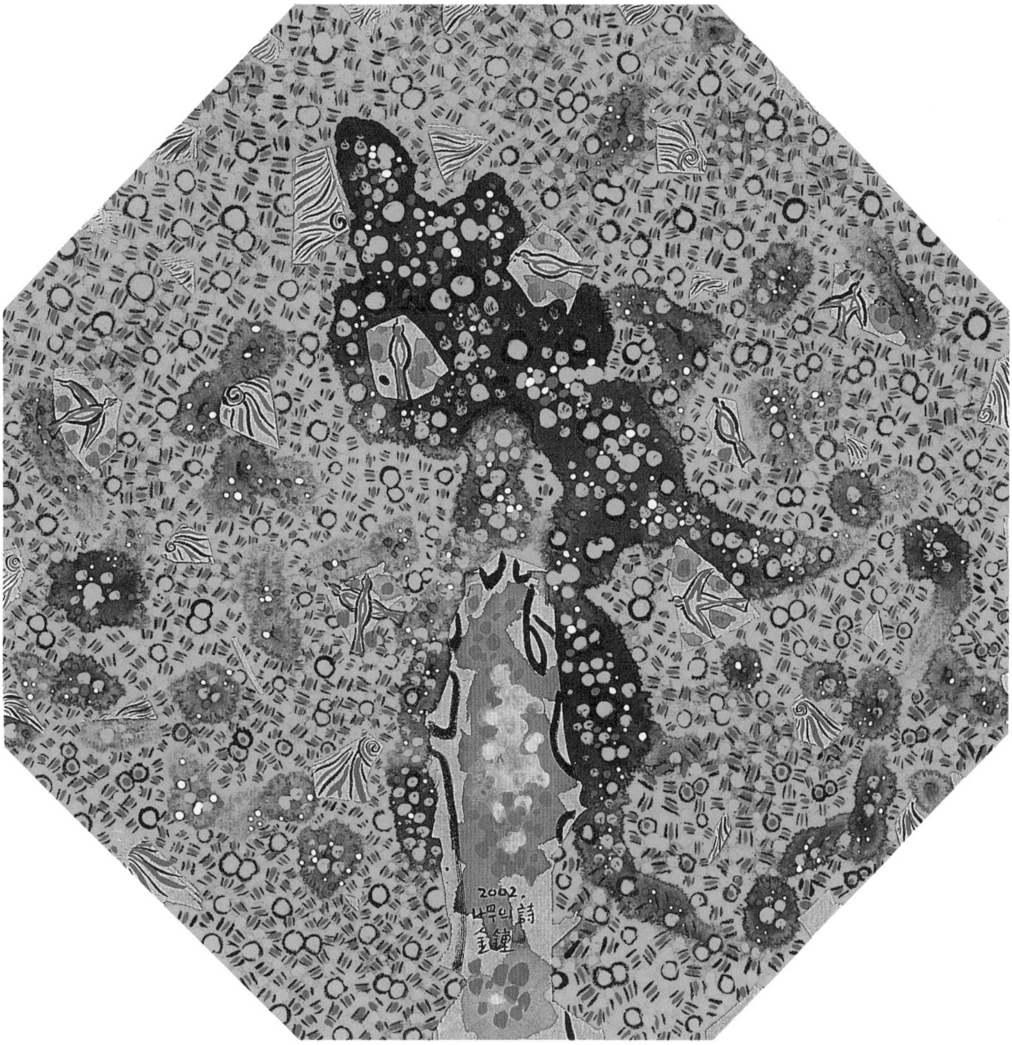

나무의 시

장항아리를 빌려

마당귀에 매달아서 풍선처럼 띄운 낮달
세월이 가다 쉬다 하늘가는 길손인가
별 잘든 각자도생이 면벽하던 스님이야

배부른 장항아리 메주를 띄워놓고
비손한 어머님이 조왕신을 뵙던 자리
정화수 오랜 장맛을 뚜껑 열어 받았지

해돋이 풍경이야 줄지 않는 샘물이니
메주 위에 숯과 고추 合掌하듯 차리고
어머니 장항아리가 손맛 철철 흘렀다.

장항아리 이미지

동굴 입구

사람들이 들자마자 입구는 꽃밭이다
블랙홀 휘파람은 깃털처럼 날리고
손끝이 감각한 소리 종유석은 보살이다

사람사람 그림자가 빈병처럼 떠가는
제 꼬리 노를 저어 해와 달을 상면하고
소매가 닳은 세월이 드나드는 통풍구다

눈이 먼 영혼이 땅을 파는 두더지라
행여나 여기 아닐까 더듬더듬 귀를 열어
깍지 낀 다섯 손가락 푸른 눈을 뜨겠다.

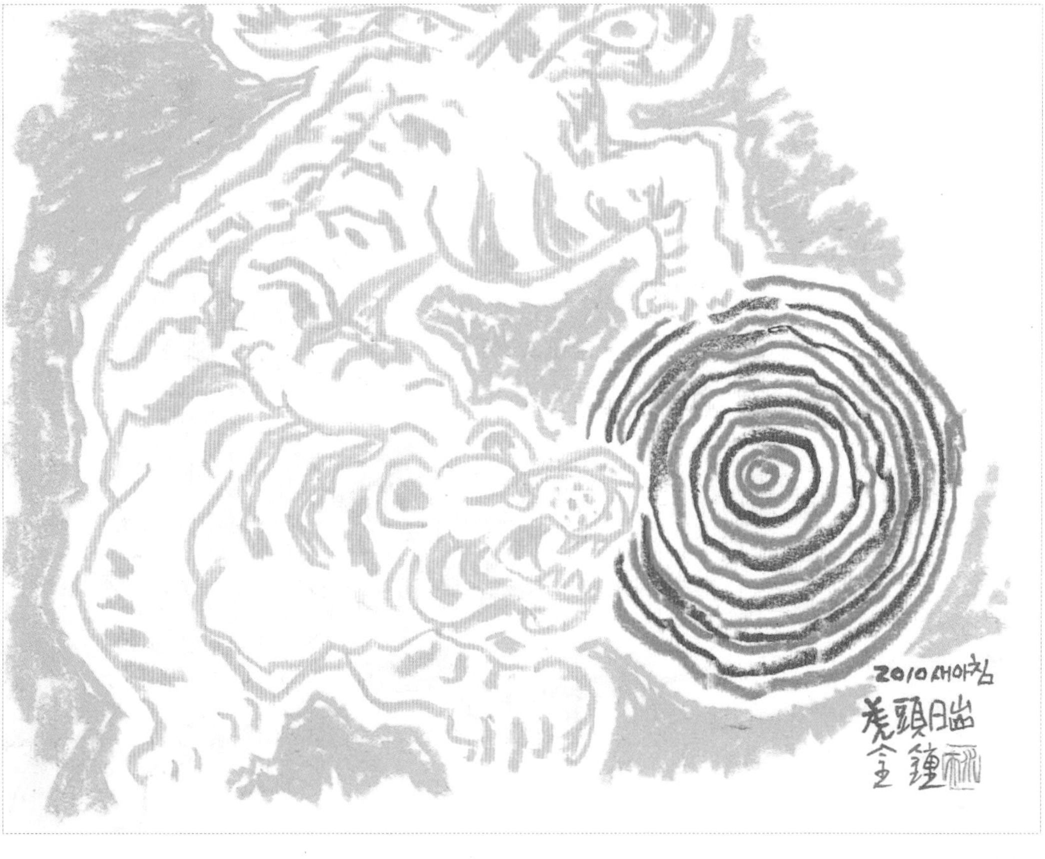

새 아침

어머니의 기슭

어머니 참 조용한 상상봉에 오릅니다
달무리 노란 테를 하늘가에 두릅니다
뱃머리 난간에 앉아 사모가를 부릅니다

쑥국새 울음소리에 갈대꽃이 번지고
귀가 자란 새끼들 물결 높은 세월 곁에
해돋이 안마당 가득 속안되어 푸릅니다

내 몸 받은 자리 탯줄 잘라 누이고
앞지르던 슬픔에다 달빛들만 기쁨 같아
물줄기 뿌리에 보내 우듬지에 닿습니다

청댓잎 사운사운 섬 한 채 스걱이는
방을 밝힌 달빛이 홀로 지킨 세상천지
당신의 낭자머리에 은비녀가 곱습니다

세상살이 여기저기 덮어놓은 산그늘로
가다 쉬다 천로역정 헤엄치는 물방개들
기슭이 마냥 넓어서 어머니는 하늘입니다.

사랑이 보이는 풍경

소리꾼

막혔다가 터질 거라면 천둥처럼 울어야지
앞산 뒷산 푸른 넋이 고향 가득 장강인데
소리도 속앓 피는가 신록되어 우거진다

쏟아놓고 바라보리라 이내 핏줄 비 맞는다
가난처럼 깊은 열반이 참대만큼 커보인다
이승은 천길 저 멀리 方言같은 전율인데

굽이굽이 하늘에 닿아 광기만큼 찬란하다
膨亨은 막을 수 없는 살가지로 치밀어서
보 터진 새물을 타고 자웅 그것 魚族이구나.

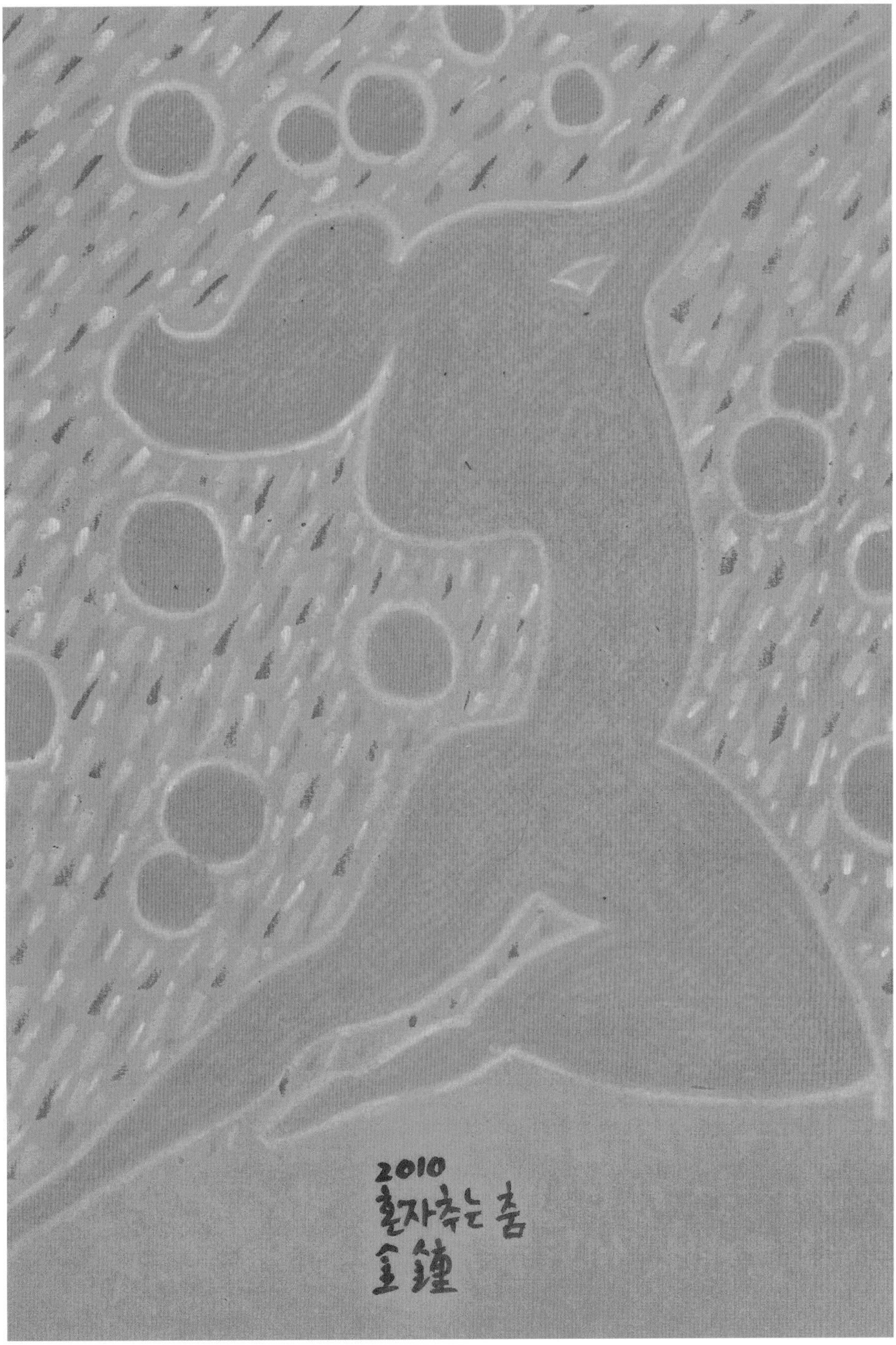

혼자 추는 춤

배중손 생각

1
지체없이 달려온 인간사 그 어디쯤에
산처럼 지켜선 역사가 산맥 하나쯤 가꿀만 한데
방파제 굵직한 허리만 뜨건 살을 허물었거니

2
예감마저 목이 말라 하늘 난간에 걸리고
비 내리는 산골짜기엔 惡緣 같던 개울물 소리
보기도 아스라한 불빛이 보살인듯 다가올까

3
달맞이꽃 이파리마다 천년 꿈을 펼쳐보면
젖어내린 가슴이 한 점 슬픔에 싸이더라만
그적지 등 돌린 청산이 우레 안고 누워있다

4
눈감아도 간곡하여 천만리 떠도는 구름
다가가 일으킨 절벽은 하늘 밖에 버려두고
지워도 돋아난 세월을 伐木으로 배 띄운다

5
제 얼굴 들여다보듯 심지 하나 밝혀두고
열비치어 꽃술에 담긴 回軍하던 그 역사가
실타래 풀리듯 풀리듯 그 어디로 흘러왔나

6
이제는 선지피 더운 눈을 감고 바라보라
저녁 무렵 돋은 별빛이 군지기미로 내릴 쯤
배중손 등 굽은 이야기가 미련처럼 타오른다.

※裴仲孫 / 고려 삼별초의 대장군

태양을 지키는 새들

회문산 달그림자

1
밋밋한 산봉들은 시름마저 삼키고
흐느낌에 골짜기는 속내 감춘 은회색
하늘의 피비린 침통을 없는듯이 다물었다

2
풍경을 위로하듯 산안개로 다독이니
피안 천리 어둠이 언덕처럼 앉아서
제 슬픔 혼잣말처럼 바람들만 노닌다

3
산천은 이승 만리 초혼같은 노래되고
山수이 미륵같아 현신한 달그림자
사람의 밑빠진 시간에 문득 태를 매더라。

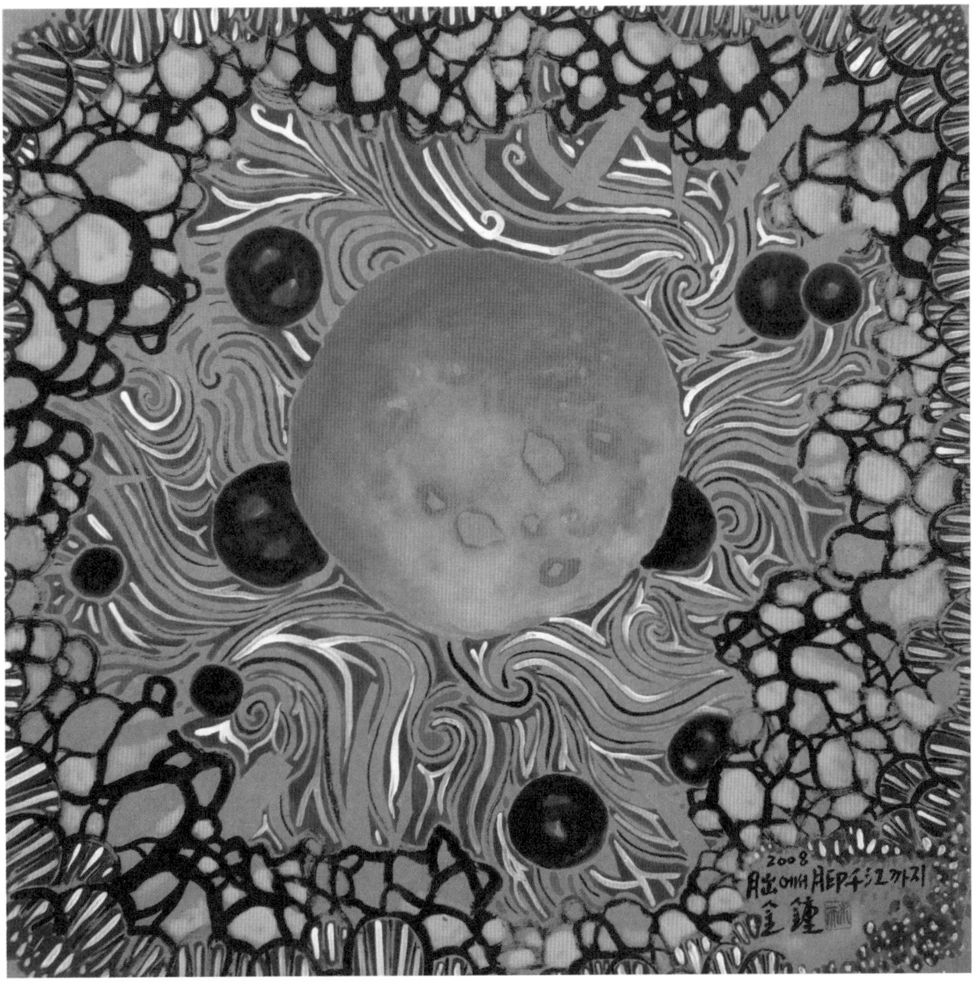

월출에서 월인천강까지

달개비 풍경

기침소리 쏟아내어 밀쳐 닫은 장지문
꽃술은 꿈꾸듯이 깊은 배꼽이 노랗고
달빛에 놀던 풍경이 꽃 피어난 달개비

둥근 테 얼굴마다 방글방글 빰치고
이마대고 불 밝힌 보름달에 둘러앉아
웃음이 넘친 꽃대궁 어둠 밖을 열었다.

달개비 풍경

풍경 Ⅱ

그대 보낸 에움길에 혼잣말을 배우니
받아든 편지처럼 구름 불러 읽는다
별들이 강물 보라고 오리처럼 뛰어든다

고요가 검푸른 지상 입 다문 그믐밤은
외등에 불을 켜자 돌담길도 깨어나고
불빛이 물소리되어 나를 끌고 길을 간다.

가을은 색층이다

4부

안면도를 보며

안면도를 보며

안면도를 보며

금빛 주름 뒤놀던 군마같은 만경창파
배를 띄운 편한 잠 하느님의 안면도가
바다에 파도를 보내 애첩 보듯 반긴다

개펄은 낮게 펴져 살냄새와 동정하고
황조롱이 날쌘 부리 보름달을 쪼았으니
국사봉 찾는 발걸음 구만리가 지척이다.

홍도

청춘

은하에 낚시던져 별무리를 낚아놓고

바다를 마신 고래 등허리에 불 켰다가

눈물의 아궁이 깊이 추억을 지피다가

해와 달이 놀아도 한 달음에 따오고

쑥대머리 새떼들이 창밖을 날던 날은

달려든 북풍한설을 휘파람에 날렸다

봄은 봄은 얼다녹다 꽃잎들은 피다지다

앓고 난 천둥소리 두 팔 가득 무지개

바람의 알싸한 노래 산봉 높이 꽂았다.

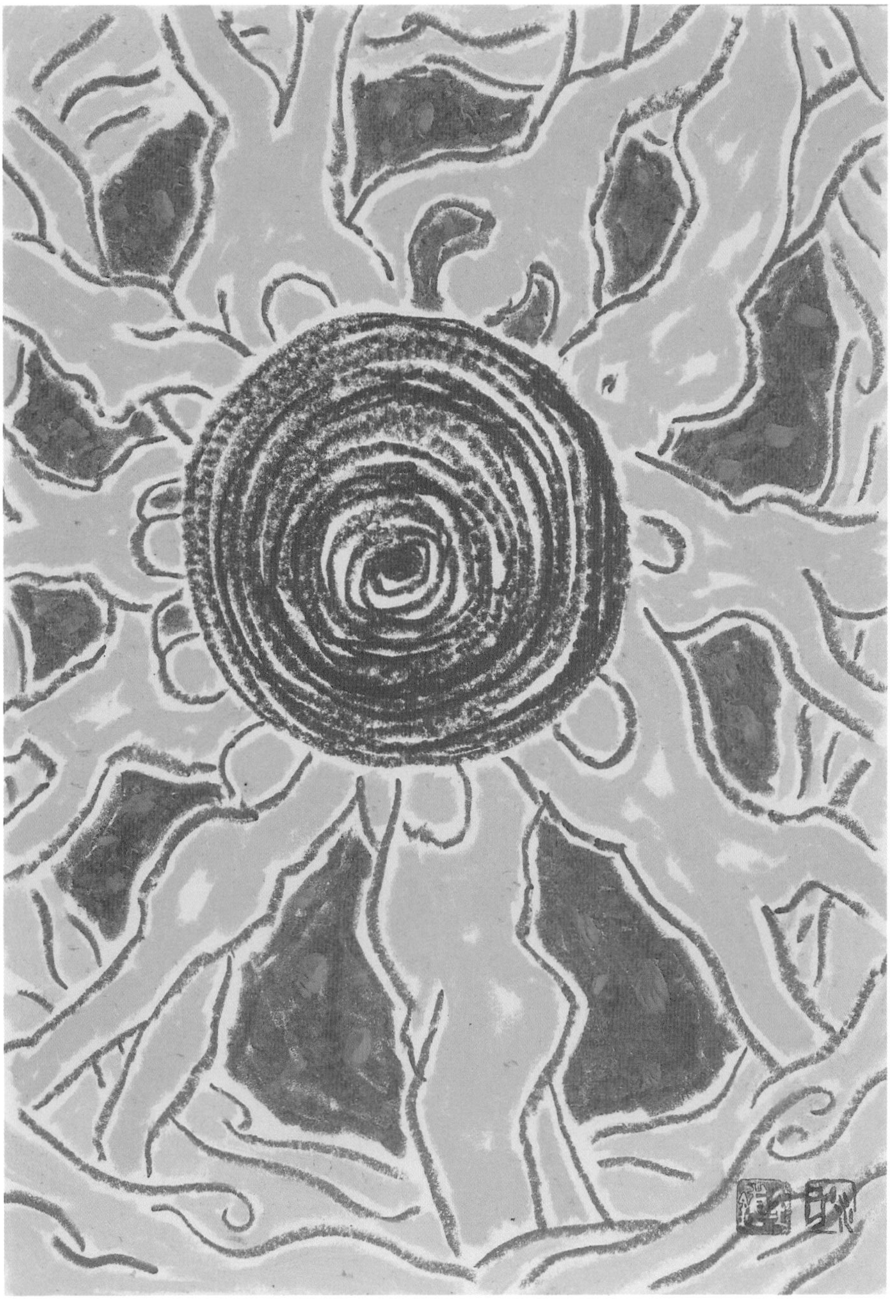

태양을 들어 올리는 사람들

황진이 은유

정자 위에 올라 앉아
애간장을 헤쳐 보니

백일몽에 태운 입술
구름 위의 사내들

구름강 황진이 만나
신허리를 감았다

앞산 뒷산 달이 돌아
대낮마냥 광명하고

손가락도 걸지 않고
기약 없이 보낸 사람

갈볕이 흔드는 하늘
술이 먼저 울던가.

구름머리

지구는 깜빡이고

불빛들을 동행하고 내 한 몸 길을 가다
언제 어디까지 이어달린 지구인가
두 귀를 세운 산마루 소금꽃을 피웠어

숨쉬는 엽록체가 움트면서 소리하고
바삐 가는 초침소리 세월의 맥박인데
높은 키 빌딩이 서서 그림자를 뉘였어

불빛들은 깜빡깜빡 세상사는 꽃밭이고
풍선처럼 떠오른 오대양 육대주가
불빛의 길을 달려서 한달음에 닿겠어.

얼굴들과 살다

수상한 향기

샘물 보고 웃는 꽃들 나풀나풀 걷다가
낮달 아래 난잎을 한 획 한 획 삐치다가
어머닌 나의 유년을 비단처럼 개키셨다

아버지 회초리가 종아리에 닿기 전에
하늘의 별자리가 소쩍새를 잠재우고
어머니 숨긴 주머니 처처에서 놀더라.

별딱지 세상

나무의 필획

삐치게 올린 붓대가
숲을 그리는 팔뚝이나
나무는 등걸이 되어도
일필휘지한 필획이고
그 필획 멀리 뻗어서
사람 사람을 앉혔네.

붉은 소나무

발가락 연두

발가락 닮은 꽃봉 햇살 앞에 노랗다
고개 넘는 구름타고 봄을 찾는 여행길
산기슭 천연바위가 북풍한설을 녹였다
은하에다 별무리를 훈풍처럼 풀어놓고
너와 나를 하늘연못에 방생하고 들어선다
절벽에 눈물을 쏟아 해도 달도 말린다
사다리 높은 키에 등대를 불 켜놓고
풍선같은 그리움에 하늘하늘 떠있다가
연두가 청춘이 되어 편지처럼 읽었다.

솔바람을 줍다

드들강·1

장맛비에 춤추던 물 불어난 강물
주위사방 산허리를 팔을 내어 보듬다가
배 띄운 산그림자로 주름주름 웃다가
하늘 멀리 훨훨가는 저녁놀에 저물고
솔바람에 꿈꾸듯이 탁사정은 달뜨건만
허공을 줄 긋는 윗성 순간 숨이 멎겠다
곁에 앉은 동경들 꼬리꼬리 흔들며
가로 지른 봇둑이 운산천을 막아서고
드들이 눈물난 이야기 강물 가득 푸르다.

※ 드들강 : 영산강 지류이며 남평 들녘을 흐른다
※ 탁사정 : 드들강변의 정자

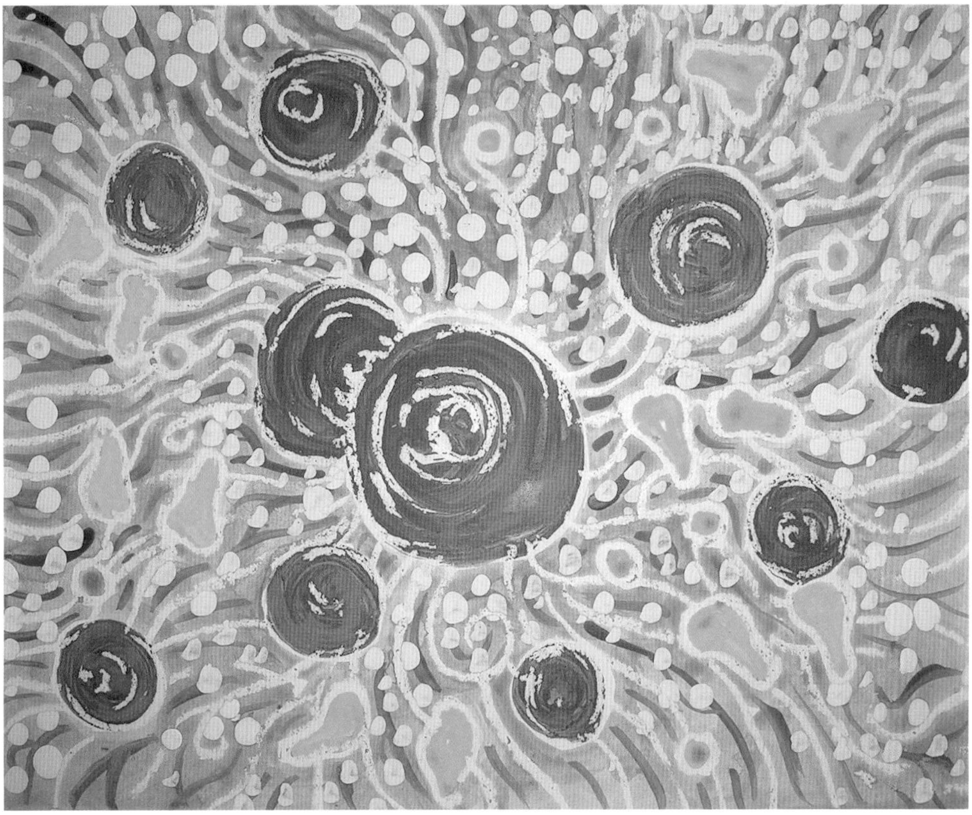

드들강 산책

따뜻한 달빛

강물에 달빛이 물소리를 내는 사이
구만리 산천이 머리 풀고 흐르니
저 암벽 폭포소리가 송이송이 꽃피다

둥근 머리 누에가 석 잠 잔 달빛이면
넘치는 깃발들을 바람처럼 꽂았다
길들이 하늘에 올라 구름처럼 저물다.

축일

물소리 내리다

물소리 오지랖에 밧줄들을 내리고
사람이야 바람이야 하늘닿는 울음인데
큰가지 마구 휘저어 실핏줄을 따를 땐

둥지 틀어 지은 허공 고물대는 별무리
물길 따라 뗏목 위에 산마루를 띄우니
또 하루 구름을 불러 물의 생각 듣는다.

물이 흐르니 산들이 자라네

이내 깊어질 뿐

헐어낸 언저리가 이내 깊어질 뿐
저물지 않는 하늘 밀어올린 뱃길이면
비바람 아랑곳 없이 바위마저 꽃 피던 걸

팔 내린 능수버들 이야기가 실실하니
우뚝한 돌탑을 산봉처럼 쌓아올려
음전한 산들의 뒤태에 은비녀를 꽂았다.

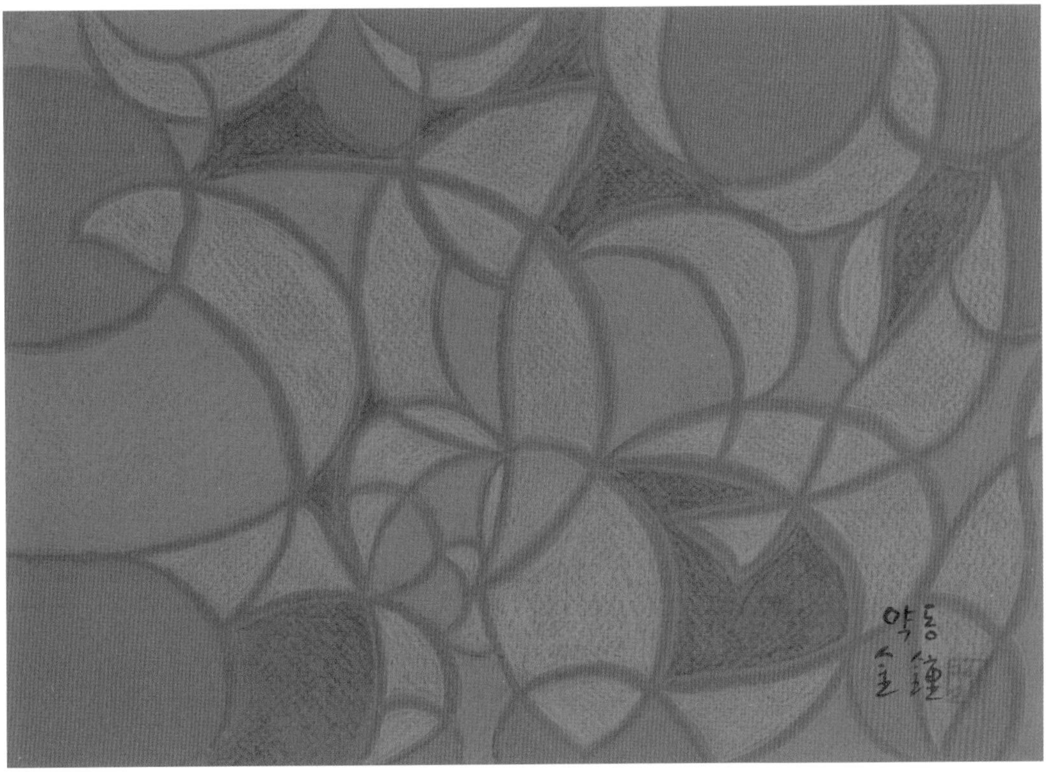

약동

달빛을 유숙하다

바다가 동굴 같이 하늘 위에 춤추고
유숙하던 섬들은 달빛 아래 아뜩하다
산마루 뜬구름 넘쳐 솟을 문을 열었다

등대를 세운 지상 독야청청 꽃은 피고
보나마 눈뜬 자궁 심지 돋워 불 켜니
불빛이 달빛을 안고 씨앗처럼 여물더라.

부엉이 거처

5부

立冬

입동

오수

창을 넘어 양지가 오셨다

천국처럼 환한 지상
팔자 늘어진 지렁이

그 양지 베개를 삼아 고독하게 말랐다

바람이 부른 햇살
씨앗처럼 여물 때

허공을 바른 창호 안방처럼 안온하다

문풍지 옥신각신이 멀미가 한 초롱이야

너른 땅 찰물결을 하늘까지 밀어올려

어둠 밝힌 저녁인가 달빛 타던 별빛인가

지상의 밥 그릇 온기 밥상에다 올렸다.

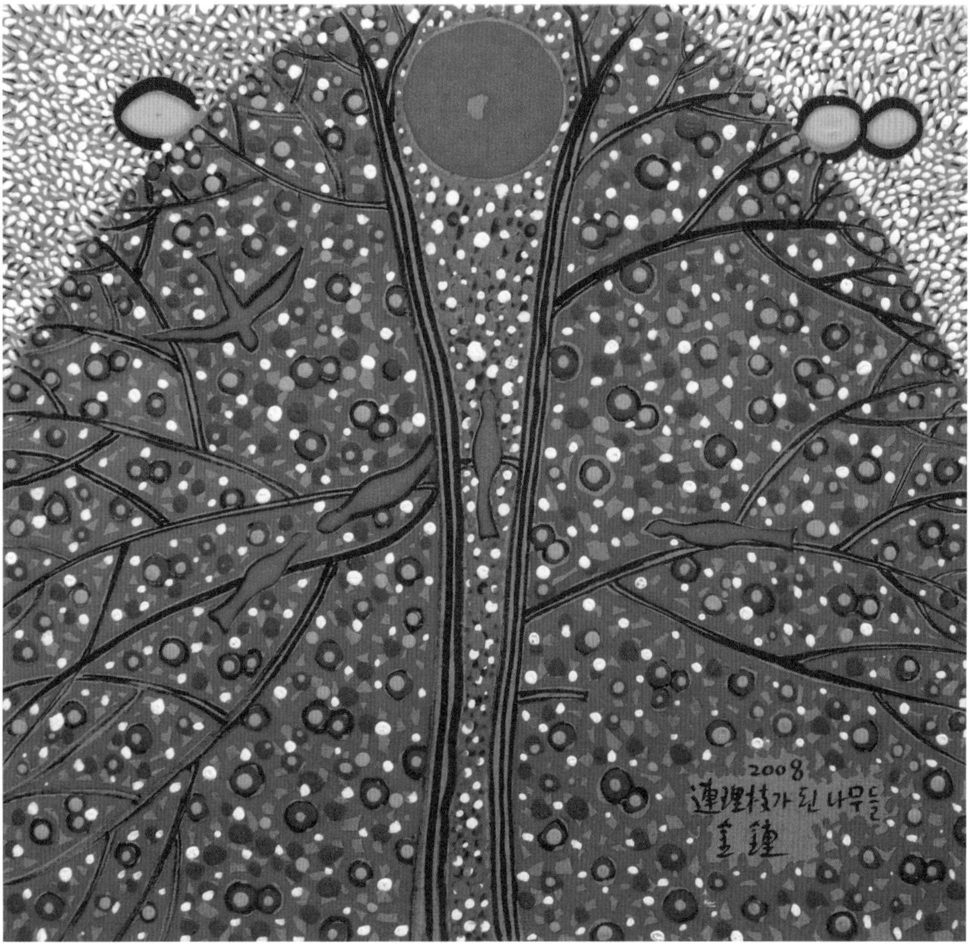

연리지가 된 나무들

廬山行

사람사람 구경와도 험한 길은 여전하고
비구름에 가을나무 허공 가득 모였구나
사람이 오르던 계단 두레박을 내린다

몸도 맘도 삼삼오오 구름되어 떠가는
샘물이 품은 하늘 물끄러미 비쳐보니
낙하산 꼭지머리를 산천 높이 펼쳤다

달 내린 수렴인가 태산머리 받아놓고
떠 마신 물 한바가지 막힌 속을 뚫었으니
파양호 푸른 안개비 마음젖어 걷는다.

※廬山 : 중국 강소성 南昌의 명승

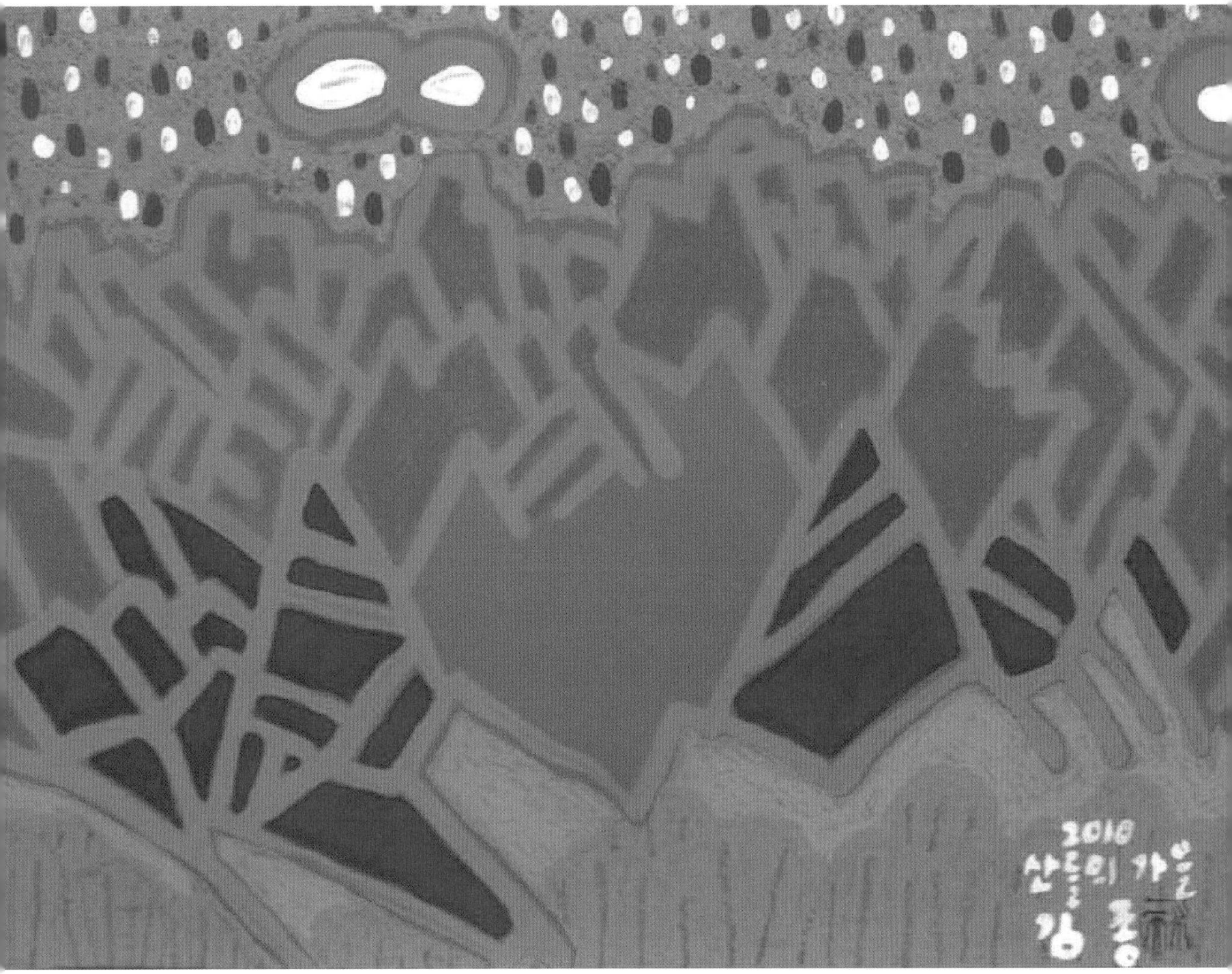

산들의 가을

동백에 대한 생각

불 켜든 수줍음을
갈피 갈피 열어서

꽃결은 악착해도
가슴은 둥글다던

둘레가 빨간 눈동자
하늘 문이 열렸어

설한풍 옷자락을
숯불처럼 모아서

얼어터진 꽃잎들이
바람 만나 다시 핀다

매운 봄 차운 계절이
잎새 위로 솟을 때。

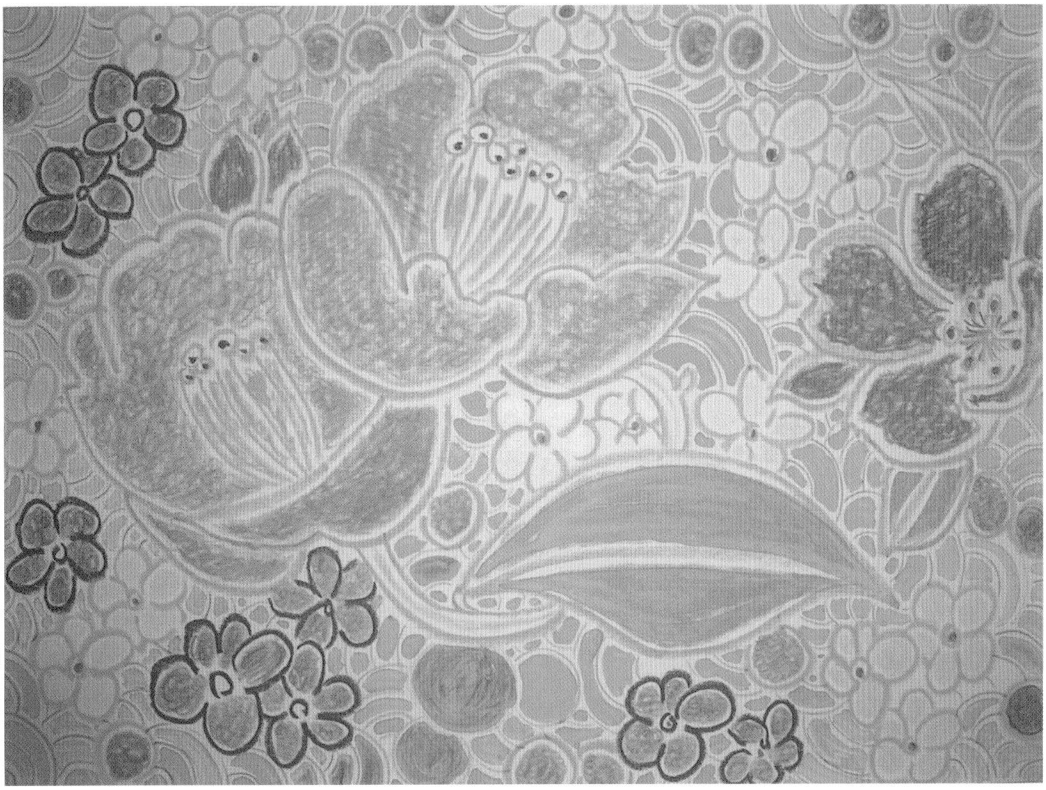

화원

까치발 소쇄원

제 그림자 빠뜨린 참 조용한 호수
웃음 웃는 돌배나무 잎이 진 풍경 위에
늦가을 적막한 오후가 희미하게 걸렸어

거울마다 다가가 그대 얼굴 담아보고
담장 밑 물소리가 五曲門을 지나는지
돌계단 바람 앞에서 찰랑찰랑 넘쳤어

댓이파리 좁은 길이 까치발에 몰려서
덩실한 앞산 한 채 등불 끄고 묵상하면
철 지난 바람소리가 수초처럼 떠있네.

※ 소쇄원 / 전남 담양군 가사문학면 정원이름

달, 강, 둥근 숲

오지랖에 사는 山
— 臥雲里에서

오지랖에 사는 마을 나무들은 보살이다
어둔 밤 별을 뿌려 산봉들이 반짝이고
멀다던 서역만리가 이웃처럼 가깝네
가난이 죄인가 싶어 별처럼 보는, 하늘을
둥지 튼 너와 내가 마을에 길을 내고
해먹을 높이 걸어서 구름처럼 살자했지
병풍같은 물소리 엄호하듯 둘러치고
별들아 노래하라 지상에게 말을 주라
들녘을 신으로 불러 농부처럼 밭 갈아라.

※ 와운리 / 전북 남원시 산내면 지리산 자드락 마을.

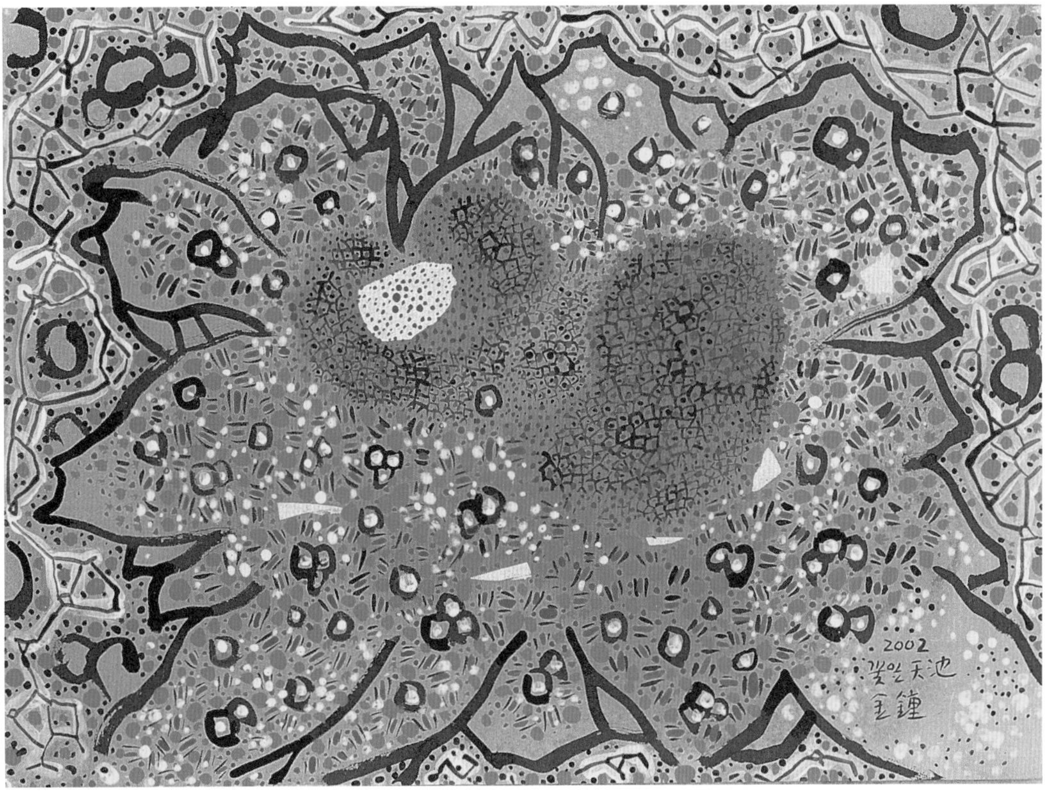

꽃잎 천지

별똥별에게

별뜨자 변방에 바람이 분다
낙하가 가파르면 전율 또한 아찔하여
산맥의 몸부림 너머 꽃처럼 지는 목숨!

불꺼진 성터마다 애증은 적막하고
너른 허공 귀를 막고 몽정에 떠는 별빛
떨어진 하늘의 기억이 어둠보다 깊었다。

숲과 별무리

낮달

항공모함 새끼소리 하늘에 낮달 하나
지상은 백색갈증 소금 같은 대낮인데
벼랑에 띄운 풍경이 하늘 높이 잠자나

흔들 흔들 산봉우리 바람 만난 풀잎들
매만진 손톱마다 파도가 몰려와서
넓고도 푸른 이웃들 소문속을 걸었나

슬픔은 낙엽처럼 떠서 가는 강물이고
재깍 재깍 걸음걸이 초침처럼 빠른 하루
고독한 얼굴 하나가 바다 멀리 떠있다.

태양에게 가는 길

거미

천지간 노래들을
망을 본 자리마다

그물친 먹잇감에
떠나게 침묵한다

아찔한 生을 지키는
파도타기 육신 하나

한 점 기다림을
이슬 곁에 앉히고

짜올린 해먹 위에
천둥마저 잠들었다

달빛에 날개를 떼고
씨앗처럼 여문 놈!

사방인들

눈물에게

눈물의 선착장은 하늘아래 분주하다
묻어둔 꽃씨 몇 개 잔등을 내려와서
나무가 바람을 만나 등불 심지를 흔들지

머리 푼 찔레향이 구름까지 오를 쯤
산머리는 웃음이고 표정 감춘 눈물인데
순 오른 돛대를 세워 바람 안고 떠간다。

사계절을 기도하다

섬

하품처럼 차오른 질투를 물안개가
하늘 멀리 외딴 지상 많은 기억이 떠있다
바람이 파도와 붐벼 춤꾼처럼 놀면서

민들레 홀씨 같은 그리움을 날리고
눈물 나는 하루하루 앞산마저 여위니
바다가 짜놀인 추억 무지개로 띄웠다.

방목도

햇빛사냥

들창을 밀어올려
햇빛을 사냥하고

눈물에 꽃피어난
육신은 사춘기야

지상은 왕소금 뿌려
그림자도 빛나고

타고 넘는 넝쿨일랑
담장 덮는 사랑인걸

햇빛이 날벌레처럼
날개치고 나는 날은

바다에 깃털이 돋아
하늘 가마로 날겠지。

태양의 전력투구

유달산

돌계단은 묵묵하고 사람은 첩첩하다
난리통을 지켜낸 노적봉을 안아줄까
유선각 오르는 발길 구름보다 높구나

휘돌던 모퉁이엔 바람들이 맞장 떠도
일등 바위 민심을 바다 위에 배 띄우고
장군의 호령소리가 온산천에 살아있다

남북 땅 푸른 역사 이 산에서 시작하여
철통같은 주춧대로 당실한 고을이라
이 나라 애국애족을 울타리로 둘렀다.

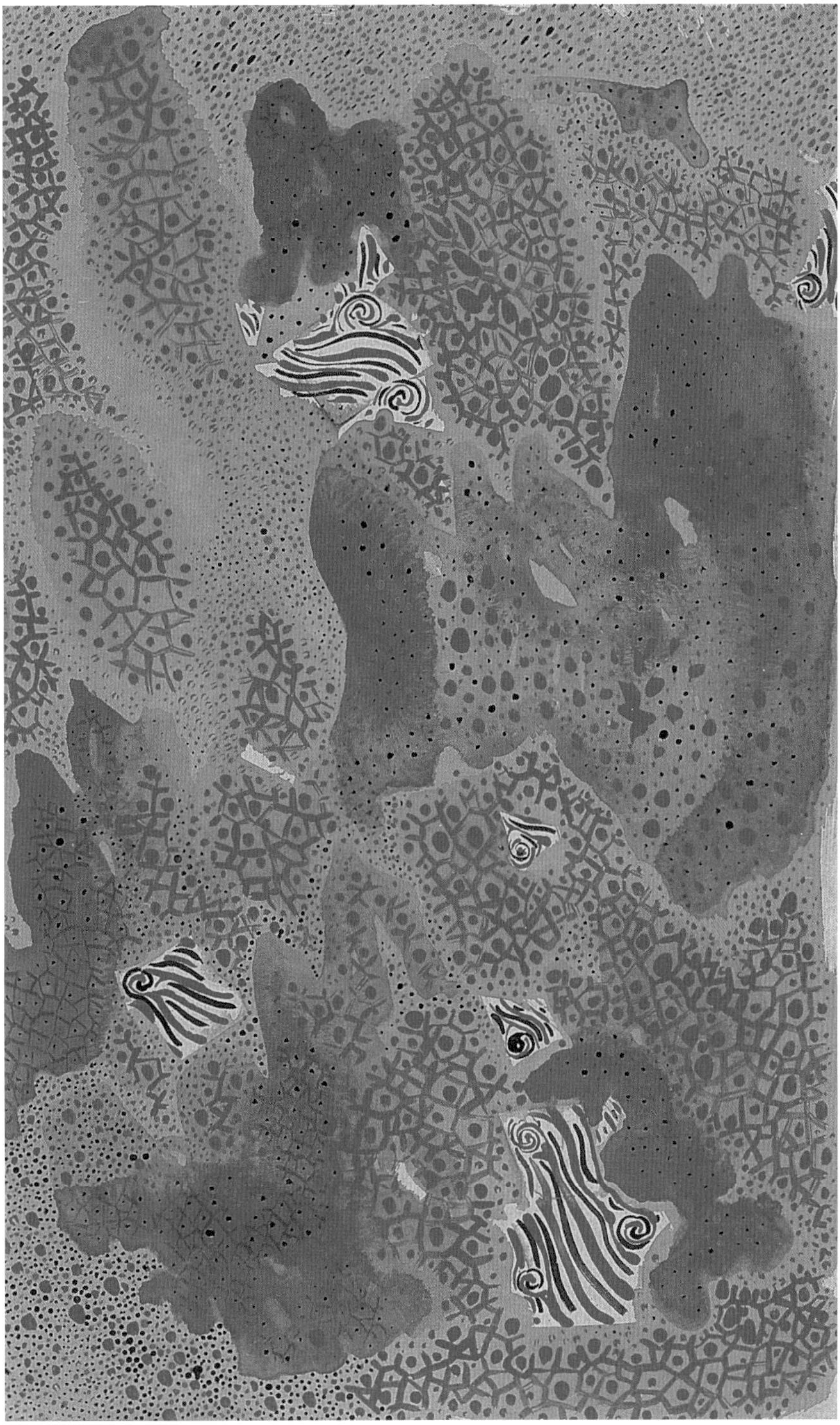

키 자라는 산들

"돌을무늬가 되는 사람"의 속 깊은 서정
– 김종 시인의 시조 미학

유성호 문학평론가 · 한양대 국문과 교수

1. 섶에 오른 투명누에의 꿈

김종 시인의 시조시집 『물의 나라에서 보낸 하루』는 진중하고 심원한 목소리를 담아낸 서정성의 집성集成이자 '섶에 오른 투명누에'(「自序」)를 꿈꾸는 시인 자신의 열망과 성찰의 과정이 섬세하게 펼쳐진 사유의 도록圖錄이기도 하다. 김종 시인은 그동안 역사와 존재의 근원에 대한 통찰을 통해 견결한 역사의식과 서정성의 감각을 탁월하게 구현해 왔다. 그러한 과정이 우리로 하여금 오래도록 서정적 균형의 정점을 경험하게끔 해준 것이다. 삶에 대한 단단하고도 충실한 관조와 비전으로 그의 시조는 근대의 이면을 비추어주는 일종의 대안적 역상逆像으로 존재해 왔다고 할 수 있을 것이다. 이번 시조시집에서도 우리는 한 편 한 편에 서린 경험적 실감과 무게를 통해 구체적인 삶을 반영해 가는 그의 예술적 도정을 경험하게 된다. 그 안에서 개별성과 보편성을 동시에 관철해 가는 그의 상상력이야말로 우리 시조시단의 빼어난 실물적 사례로 다가오고 있는 것이다.

그만큼 김종 시인의 시조는 서정시가 개인적 결과물이면서 동시에 삶의 보편적 이치를 노래하는 양식임을 뚜렷하게 알려준다. 삶의 보편적 이치에 대한 잔잔한 음

역音域을 통해 사물 속에 담긴 시간의 흐름을 읽어내고, 일상의 감각으로는 포착하기 힘든 생명의 질서를 은유해 가는 김종 시학의 비밀이 이번 시조시집에도 아름답게 관류하고 있는 것이다. 또한 우리는 구체적 시공간에서 일어나는 사람살이의 세목을 경험하면서도 근대의 속도전에 밀려난 원초적 실재들을 투명하게 바라보는 순간을 환하게 맞이할 것이다. 결국 이번 시조시집은 묵묵히 흘러가면서 스스로를 각인하는 시간 혹은 역사에 대한 서정적 헌사이자 그 안에서 빛나는 기억들을 차근차근 기록해 간 섬세한 화폭이기도 한 셈이다.

2. 자연에 대한 관조를 통한 순간적 초월 의지

먼저 시인의 시선이 가장 빈번하고 무게 있게 머무는 대상은 아무래도 '자연'일 것이다. 그에게 자연은 시간의 흔적을 바라보는 데 매우 중요한 매개체가 되고 있으며, 그 안에는 시간의 풍화 속에 스러져 갈지도 모를 생명들을 아름답게 기억하려는 시인의 열망이 들어 있다. 다시 말해 김종 시조의 저류底流에는 자연에 대한 차분한 관조와 순간적 초월 의지가 충일하게 흐른다는 점에서 그의 시조는 우리 시대가 필요로 하는 역진逆進의 태도를 선명하게 보여주는 사례로 다가온다고 할 수 있을 것이다. 또한 그것은 그의 시조가 일관되게 추구해 온 어떤 근원에 대한 예민한 감각도 자연 사물에 대한 관찰과 표현이라는 공력이 그 안에 가득 담겨 있기 때문이다. 그것은 서정의 원리에 충실한 기억의 산물인 동시에 자연 사물을 통해 오랜 세월의 축적 양상을 드러내고자 하는 시간의 축도縮圖이기도 할 것이다.

무지개가 꽂인 것을

오늘 알았다

한 발 한 발 좁혀든
참 신비한 구석 자리가

한 아름 햇빛에 웃는
별자리를 띄우더니

뚝 뚝 뚝 하늘에서 눈물을 받아내고

맑은 얼굴 옮겨다가
하늘하늘 수초 되고

그 수초 허리를 내어
강물을 휘감았다

변색 없는 만남을
짝 맞추고 싹 틔우니

평일에 자란 햇살
청색 기질로 우거지고

까마득 하늘바다가

호수처럼 앉았다.

–「물의 나라에서 보낸 하루」 전문

시조시집의 표제작이기도 한 이 작품은 '무지개'와 '꽃'의 상동성相同性에 주목하여 신비롭고 성스러운 자연의 심미적 차원을 그려낸 명편이다. 시인은 "무지개가 꽃인 것"을 발견하면서 신비하기 이를 데 없는 "한 아름 햇빛에 웃는 / 별자리"를 떠올린다. 이렇게 무지개와 꽃, 햇빛과 별자리가 화창和唱하는 순간을 잡아내면서 시인은 하늘에서 눈물을 받아내고 맑은 얼굴 옮겨 수초가 되어 그 허리로 강물을 휘감는 몸짓의 연쇄를 찬연하게 상상한다. 그렇게 시인의 상상력 속에서 하늘과 눈물과 수초와 강물은 하나의 의미망 안으로 들어와 "물의 나라"를 아름답게 구성해 낸다. '물의 나라에서 보낸 하루'는 이처럼 시인으로 하여금 변색 없이 싹을 틔우는 생명 원리의 궁극과 함께 "하늘바다가 / 호수처럼" 앉은 풍경까지 내면으로 안착시키게끔 해준 것이다. 모두 "길들이 하늘에 올라 구름처럼 저문"(「따뜻한 달빛」) 풍경과 함께 "세상에 산맥이 와서 별로 뜨는 추억들"(「달그림자 천천히」)까지 그려낸 명인의 손길이 느껴진다 할 것이다.

입 다문 山色 위에

새 떼는 날아가고

멀리 던진 그물로

화들짝 놀라는 강물

팔이 긴 나뭇가지가

천길 벼랑을 쓸었다.

–「백운대」 전문

백운대는 전남 나주의 한 마을에 있는 석산石山이다. 시인은 "입 다문 山色" 위로 날아가는 새 떼를 바라보면서 역시 멀리 던진 그물 때문에 놀라는 강물을 포착한다. 그 순간 "팔이 긴 나뭇가지"가 쓸고 있는 "천길 벼랑"이야말로 자연 사물의 한 극한임과 동시에 정신적으로 높은 경지를 한꺼번에 은유하고 있다. 이는 "피안 천리 어둠이 언덕처럼 앉아"(「회문산 달그림자」) 있는 장면이나 "하늘 한쪽 태우니/ 앞산도 타고"(「노을」) 있는 풍경과도 연결되면서 김종 시조의 예술적 진경을 증언하고 있다 할 것이다. 그리고 이러한 관찰과 표현에서 화가이기도 한 시인의 역량이 단연 빛난다고 할 수 있다.

이처럼 김종 시인은 자연 사물에 대한 세세한 관찰과 집중적인 묘사를 통해 뭇 존재자들의 목숨과 생태와 인생을 비유해 내는 속성을 서정적으로 표출하고 있다. 그렇게 시인은 자연 안에서 시간의 흔적을 읽어내고, 우리 역사와 존재의 근원을 상상하고 있다. 또한 그의 시조는 형식상으로는 간결한 정형 양식을 취하면서 내용상으로는 맵고 짠 세월을 지나온 이의 견결한 시정신을 담고 있다. 오랜 시간 동안 그려왔던 시원始原의 세계를 충일하게 보여주는 위의 시편들은 그러한 영혼의 성숙 과정을 높고 깊은 지경地境으로 온축하고 있다. 지금이 폐허의 시대임에도 불구하고 그것을 치유하고 넘어서고자 하는 일관된 의식에서 그 모습은 더욱 소중하게 다가온다. 그의 시조 안에는 그렇게 자연에 대한 차분한 관조를 통한 순간적 초월 의지가 흐르고 있는 것이다.

3. 존재론적 기원에 대한 탐구

다음으로 우리는 그러한 김종 시조의 아름다운 자연 탐구의 의지가 일종의 존재론적 기원起源에서 발원하고 귀일하는 과정을 바라보게 된다. 대체로 김종 시인이 바라보고 표현하는 사물의 모습들은 시인 자신의 마음을 은은하게 내보이는 상관물로 기능한다. 참신한 이미지군群을 통해 사물의 본질에 직핍直逼하고 육박해 가려는 시인의 미학적 목표는 이때 단숨에 성취된다. 물론 그것은 사물의 개별적 외관을 하나하나 묘사하면서 서경의 필치를 늘려가는 방법에 미학적 기본을 두고 있지만, 더욱 심층적으로는 선명한 이미지를 통해 어떤 기원에 다가가려는 방법적 자각의 산물로 가뜬하게 태어나는 것이다. 아닌 게 아니라 그의 시조는 순정하고 깨끗한 마음을 바탕으로 하면서 험난하게 살아왔던 우리 현대인의 속살을 재현하는 세계를 보여주고 있다. 자신의 존재론적 기원origin 안에 웅크리고 있는 기억들을 찾아 나서면서, 시인은 스스로를 가능케 해주었던 오랜 기억을 인생론적 성찰의 차원으로 옮겨가는 것이다. 그러한 과정을 통해 시인은 남다른 기억의 깊이를 탐색하면서, 삶이 시간의 가혹한 흐름 위에 놓여 있지만 그것을 역류하여 아름다운 뿌리를 동시에 가지고 있음을 노래해 간다. 이는 기억 속에 있는 기원이 누구에게나 가장 깊은 기억의 뿌리이자 지나온 시간을 거슬러 오를 수 있는 일차적 실재임을 증언하는 그의 모습을 확연하게 보여준다. 이때 시간을 역류하는 것은 과거를 단순하게 재현하는 것이 아니라 지난 시간을 원초적 경험의 형식으로 치환하고 그것을 현재의 삶과 연루시키는 행위로 몸을 바꾸어가게 된다.

지우면 지울수록

돋을무늬가 되는 사람

사람 참 앙상했으나

꽃받침이 앙다문 꽃

그 꽃대 기어 올라가

부처처럼 웃는 허공.

-「허공 흔적」 전문

시인이 그려내고 있는 '허공 흔적'은 지우면 지울수록 "돋을무늬가 되는 사람"을 환기하는 더없이 밝은 배경이 되어준다. 비록 외관은 허름하고 수척하지만 "꽃받침이 앙다문 꽃"으로 몸이 옮겨져 "그 꽃대 기어 올라가// 부처처럼 웃는 허공"이야말로 모든 목숨들의 존재론적 기원이 되는 성스러운 공간을 은유하고 있는 것이다. "면벽한 결가부좌로 기도하기 천년"(「옹기부처에게」)인 성스러운 존재자들이 여기에 또한 포함될 것이다. 그만큼 "돋을무늬가 되는 사람"은 아득한 존재론적 현기眩氣를 수반하는 감각의 차원을 지향하면서 어느새 다양하고 속 깊은 서정의 전율을 환기해 간다. 이를 통해 시인은 가장 근원적인 역동성 안에서 존재와 언어의 확산을 꾀하고 있는 셈이다. 각별한 청신함과 생명력을 통해 기원을 살펴가는 과정이 이렇게 심미적으로 태어나고 있다. 그리고 다음 시편은 그 기원의 직접적 표상인 '어머니'를 향한 가편佳篇이라 할 것이다.

어머니 참 조용한 상상봉에 오릅니다
달무리 노란 테를 하늘가에 두릅니다
뱃머리 난간에 앉아 사모가를 부릅니다

쑥국새 울음소리에 갈대꽃이 번지고
귀가 자란 새끼들 물결 높은 세월 곁에
해돋이 안마당 가득 속잎 피어 푸릅니다

내 몸 받은 자리 탯줄 잘라 누이고
앞지르던 슬픔에다 달빛들만 기쁨 같아
물줄기 뿌리에 보내 우듬지에 닿습니다

청댓잎 사운사운 섬 한 채 스적이는
방을 밝힌 달빛이 홀로 지킨 세상천지
당신의 낭자머리에 은비녀가 곱습니다

세상살이 여기저기 덮어놓은 산그늘로
가다 쉬다 천로역정 헤엄치는 물방개들
기슭이 마냥 넓어서 어머니는 하늘입니다.

–「어머니의 기슭」 전문

시인이 뱃머리 난간에 앉아 부르는 사모가思母歌는 "조용한 상상봉"에 오른 "달무리"를 어머니의 영상으로 치환하고 있다. 또한 어머니는 "쑥국새 울음소리"에 갈대꽃이 번지거나 이제는 "귀가 자란 새끼들"이 살아온 물결 높은 세월에도 해 뜰 무렵 푸른 속잎으로 피어나는 순간과 겹쳐진다. "내 몸 받은 자리 탯줄 잘라" 누이시고는 "앞지르던 슬픔에다 달빛들만 기쁨"으로 채우시던 시간이 지금 떠오른 달무리에 고스란히 투사投射된다. 물줄기 뿌리에 보내 우듬지에 닿는 어머니의 시간이 그렇게 다가오는 순간이다. 나아가 시인은 "청댓잎 사운사운 섬"을 바라보면서 "달빛이 홀로 지킨 세상천지"에서 어머니의 '낭자머리'나 '은비녀'를 곱게 떠올린다. 왜냐하면 어머니가 살아오신 "세상살이 여기저기 덮어놓은 산그늘"에서 시인이 발견하는 것이 넓은 기슭이고, 그 기슭은 어머니를 하늘로 바라보게끔 해주고 있기 때문이다. 그렇게 '어머니'는 산과 바다, 해와 달, 새와 꽃, 섬과 기슭을 모두 핵심적인 이미지로 거느리면서 은은하게 비쳐 오신다. "하늘 멀리 외딴 지상 많은 기억"(「섬」)이 정성스럽게 갈무리되는 순간이 아닐 수 없을 것이다.

이렇게 김종의 시조를 가로지르는 근원적 에너지는 존재론적 기원을 향한 깊은 회억回憶과 그것을 자신의 현재적 삶으로 끌어올려 성찰하는 과정에서 발원하고 있다. 그래서 시인의 기억은 존재론적 기원과 연속성을 함께 사유하는 과정으로 점점이 번져온 셈이다. 이렇듯 김종 시인은 존재의 근원에 대한 성찰을 지향하면서 가장 오래고도 깊은 자기 기원을 흠모하고 탈환해 간다. 그의 시는 확실히 일상을 넘어서면서도, 궁극적으로는 지상에 발 딛고 살아가는 이들의 존재 형식을 증언하는 쪽으로 한결같이 귀환하고 있다. '허공 흔적'에 비추인 어머니의 영상이 아름답게 다가오는 것도 그러한 기억과 증언의 절실함과 애잔함에 가로놓여 있지 않을까 생각해 본다.

4. 견결한 역사의식과 근원 발견의 눈

나아가 김종 시인은 정신적 가열함과 '시조'라는 단아한 형식을 잘 결속하고 있다. 그리고 그 안에 근원적이고 궁극적인 것에 대한 실존적, 역사적 갈망을 담아간다. 이때 그의 시조는 삶의 상처에 대한 기억을 순간적 잔상으로 점화點火함으로써 그 안에 삶과 기억이 맺는 유추적 연관성을 보여주는 첨예한 양식으로 거듭난다. 그래서 시인은 자신이 겪어온 상처를 노래함으로써 그것을 상상적으로 치유하는 제의祭儀 과정을 하나하나 소중하게 치러간다. 그 점에서 시인은 삶에 각인된 상처를 통해 자신의 근원과 현재형을 동시에 노래하는 존재라고 할 수 있다. 이렇듯 김종 시인은 개인과 공동체 차원에서 경험하게 된 여러 상처를 그 근저에서부터 위무하고 치유하는 직임을 차분하게 수행함으로써 시적 사제司祭의 몫을 여러 차원에서 온몸으로 감당해 낸다.

1
지체 없이 달려온 인간사 그 어디쯤에
산처럼 지켜 선 역사가 산맥 하나쯤 가꿀 만한데
방파제 굵직한 허리만 뜨건 살을 허물었거니

2
예감마저 목이 말라 하늘 난간에 걸리고
비 내리는 산골짜기엔 惡緣 같던 개울물 소리
보기도 아스라한 불빛이 보살인 듯 다가올까

3

달맞이꽃 이파리마다 천년 꿈을 떨쳐보면

젖어 내린 가슴이 한 점 슬픔에 싸이더라만

그적지 등 돌린 청산이 우레 안고 누워있다

4

눈 감아도 간곡하여 천만리 떠도는 구름

다가가 일으킨 절벽은 하늘 밖에 버려두고

지워도 돋아난 세월을 伐木으로 배 띄운다

5

제 얼굴 들여다보듯 심지 하나 밝혀두고

얼비치어 꽃술에 담긴 回軍하던 그 역사가

실타래 풀리듯 풀리듯 그 어디로 흘러왔나

6

이제는 선지피 더운 눈을 감고 바라보라

저녁 무렵 돋은 별빛이 군지기미로 내릴 쯤

배중손 등 굽은 이야기가 미련처럼 타오른다.

–「배중손 생각」 전문

"산처럼 지켜 선 역사가 산맥 하나쯤 가꿀 만한데" 방파제 우뚝한 허리를 삼키거나 뜨건 살이나 허물고 말았던 게 우리네 역사가 흘러온 모습이었다. 이를 형상적으로 포착하여 표현하자면 하늘 난간에 걸린 "惡緣 같던 개울물 소리"이거나 가슴 젖어 내린 "한 점 슬픔"이었을지도 모른다. 그래도 "등 돌린 청산"을 "우레 안고 누워있"거나 "천만리 떠도는" 간곡한 구름의 형상으로 시각화하는 건 김종 시인의 표현의 간절함이 보이는 대목이기도 하다. "선지피 더운 눈을 감고 바라보"라던 김종 시인의 역사에의 방향성은 "실타래 풀리듯 풀리듯" 흘러서 다다른 회군하던 역사였던 셈이고 그 같은 역사가 숨 쉬고 있는 현장으로서의 군지기미의 별빛에는 지금껏 배중손의 등 굽은 이야기가 타오르고 있다. 거기에 벌목으로 배를 띄워 하늘 밖에 버려둔 역사의 절벽은 타고 오르거나 지체 없이 달려온 인간사 그 자체였음이 포착된다.

「배중손 생각」은 "청렬한 역사의식을 근간으로 시대의 아픔을 조명하는 데 초점을 맞추고 있다"(원형갑, 강남주)고 평가된 바 있다. 「밑불」 「귀환」 등의 작품에서도 김종 시인의 입심 좋은 사설들이 민요의 패러디로 구사된 바 있고 서정화한 역사의 봄이 민중운동으로 치환되고 있음을 살필 수 있었다. 정치적 현실의 벽에 부딪혀 좌절과 한을 곱씹을 수밖에 없었던 민중들을 대리한 시인은, 민중적인 정서와 언어를 동원하여 역사의식과 현실을 혼융한 작품에 진입한다. 그것이 바로 「배중손 생각」이다. 이 작품은 삼별초의 지도자인 배중손을 제재 삼으면서도 항몽의 역사적 미련을 광주항쟁으로 간접화하였다는 데 작품적 의미가 한결 커지는 것이다. 시조가 현대로 이동하면서 이 같은 역사의식이 항용 노래되곤 했지만 소재주의나 매너리즘의 편식을 뛰어넘어 김종 시인이 이룩한 현실 인식과 역사 인식을 한자리에 융복합한 것은 그 의미가 크다고 하겠다. 역사 속의 인물을 현재적 시점에서 소환하여 항쟁의 역사를 절절하게 펼쳐낸 김종 시인의 역사의식은 먼 곳까지 빛을 투사하여 뭇 선박들의 항해를 돕는 등대의 의미로도 해석될 수 있을 것이다.

바다가 대지라면 파도만 한 쟁기가 있나

푸른 심장 지평선에 낮은 울타리를 치고

농사로 고래 몇 마리쯤 방목하고 볼 일이야

강남제비도 몇 번은 쉬어 간다는 동해바다

해도 달도 떠오르면 능금처럼 건져 오고

포경선 작살 따위는 구름방패로 막았느니

쟁기 잡은 처용과 보습 끌던 고래가

까치놀 하늘에다 한 동이 별을 뿌려

돌 쪼고 별을 기르던 이리 순한 시절인데

풍년 든 고래농사로 사철 식량이 넉넉하고

낮과 밤을 쉬어 가던 대곡천의 바다가

별들의 광장에 나와 풍금 소리로 울더니만

고래와 춤을 추면 이백 년은 산다는 땅

연오랑과 세오녀는 일본 가서 왕이 되고

서라벌 나라 전체가 암벽 가득 놀더라.

-「처용의 고래농사-반구대 암각화를 보며」 전문

울산 반구대 암각화는 우리나라에서 발견된 선사시대 암각화 유적 중에서 가장 오래된 그림의 보고寶庫이다. 특별히 고래 사냥 장면은 매우 사실적인 것으로 현존하는 세계 최고最古의 고래 사냥 그림으로 평가되고 있다. 시인은 거기에 처용處容 설화를 겹쳐놓아 이 작품을 썼다. 가령 시인은 파도를 쟁기 삼아 바다라는 대지를 경작하는 순간을 상상해 본다. 푸른 심장 지평선에 낮은 울타리를 치고 "농사"의 이미지 안에 고래 몇 마리를 방목하는 것이다. 결국 이 작품은 해도 달도 능금처럼 건져 오고 "쟁기 잡은 처용과 보습 끌던 고래"가 포경선 작살을 구름방패로 막으면서 돌 쪼고 별 기르던 "순한 시절"을 상상적으로 재현한 것이다. 사철 식량 넉넉하고 바다가 별들의 광장에 나와 풍금 소리로 울던 때에 "고래와 춤을 추면 이백 년은 산다는 땅"에서 서라벌 전체가 암벽 가득 놀던 시간을 촘촘히 재현하고 있는 셈이다. '처용의 고래농사'라는 허구적 상황을 설정하여 우리 민족의 광활한 역사적 스케일을 노래한 작품이라 할 것이다. 이 작품에 고대古代 역사가 이렇게 담겨 있다면 다음 작품에는 비근한 근대사의 여울이 끝없이 흐르고 있다.

1
그대 울음 해묵어
등 굽은 타령이고

쪼개놓은 두 쪽 情表
맞춰보니 만월인걸

갈망아 반쪽 갈망아
타는 속을 열어주랴

2
감아 도는 피댓줄에
침묵하는 아픈 응시

이대로는 아니라고
끝일 수는 없다고

그대여 눈보라 넘어
청산 되어 만나자.

-「나 그대 갈망-통일에게」 전문

'통일'이라는 근대사 지상의 명제에 대하여 시인은 '그대'라는 2인칭을 부여한다. 이제 '그대'의 울음은 해묵었고 타령은 굽었지만 여전히 "쪼개놓은 두 쪽 情表"를 맞추어보니 '만월滿月'의 표상을 하고 있는 것이 아닌가. "반쪽 갈망"의 타는 속에는 침묵과 응시가 여전히 매섭고 또 따뜻한데, 시인은 이대로는 아니라고 끝일 수는 없다고 외치며 눈보라 넘어 가닿는 '청산靑山'의 이미지를 불러오고 있다. 그렇게 시인의 마음에 통일은 "돌계단은 묵묵하고 사람은 첩첩"(「유달산」)한 역사의 한순간으로 서

있는 것이다. '시인 김종'의 역사의식과 근원에 대한 간절한 사유를 느끼게끔 해주는 중요한 작품인 셈이다.

이처럼 시인은 자신의 시어를 오래도록 다듬어 역사에 대한 발견을 하나하나 해간다. 우리는 이러한 형식과 내용 속에서 그의 일관된 역사의식과 윤리적 염결성을 느끼면서, 역사를 깊이 투시하고 거기서 서정성을 추구하던 그의 시조가 차차 존재의 근원에 대한 깊은 성찰을 지향하고 표현해 갈 것임을 예감하게 된다. 그의 시조가 가장 깊은 근원에서 탈환해야 할 존재 전환의 가치를 노래함으로써 일상 현실을 벗어나 전혀 새로운 상상적 거처를 만들어내고 있기 때문이다. 그리고 궁극적으로는 지상에 발을 딛고 살아가는 이들의 역사적 존재로서의 삶을 증언하는 쪽으로 한결같이 귀환해 갈 것이다. 그러한 예감을 입증이라도 하듯, 시인은 우리에게 견결한 역사의식과 근원을 발견해 가는 혜안을 동시에 보여주고 있다 할 것이다.

5. 시원始原의 형상에서 찾아내는 강렬한 예술혼

마지막으로 우리가 살필 김종 시조의 또 다른 권역은 그의 특별한 예술혼藝術魂에 있다. 김종 시인은 선과 색의 예술인 미술 분야에서도 이미 대가급 성취를 보인 전형적인 예술가의 외관과 실질을 갖추고 있는 분이다. 그러한 예술혼에 대해 시인은 어떤 정신적 고처高處를 마련하여 우리에게 암시해 주는 역할을 마다하지 않는다. 시인으로서의 치열한 자의식과 시적 완성에 대한 미학적 집념, 그리고 그러한 기율에 대한 엄정성을 시조의 기저基底에 깔고 있는 것이다. 시인으로서의 삶을 구심적 충실성으로 지켜온 그의 너른 국량과 깊은 수원水源을 짐작게 하는 시선과 태도가 아닐 수 없겠다. 그래서 김종 시인은 자연스럽게 그 안에 예술가로서의 삶의 세목을 간직해

왔을 것이다.

막혔다가 터질 거라면 천둥처럼 울어야지
앞산 뒷산 푸른 넋이 고향 가듯 장강인데
소리도 속잎 피는가 신록 되어 우거진다

쏟아놓고 바라보리라 이내 핏줄 비 맞는다
가난처럼 깊은 열반이 참대만큼 커 보인다
이승은 천길 저 멀리 方言 같은 전율인데

굽이굽이 하늘에 닿아 광기만큼 찬란하다
腫瘍은 막을 수 없는 실가지로 치밀어서
보 터진 새물을 타고 자유 그것 魚族이구나.

－「소리꾼」 전문

소리꾼의 목소리와 그로 인한 전율은 고스란히 '시조'의 그것으로 이월되어 은유된다. 막혔다가 터지면서 "천둥처럼" 울고 "앞산 뒷산 푸른 넋"이 고향을 찾아가듯 '장강長江'의 리듬을 가진 소리꾼의 목소리는 그 안에 속잎 피어나는 신록으로 승화된다. 쏟아놓고 바라보는 그 목청 안에서 시인은 "가난처럼 깊은 열반"과 "천길 저 멀리 方言 같은 전율"을 느낀다. 찬란한 광기와 "보 터진 새물을 타고" 흘러가는 자유처럼 소리꾼은 "햇살을 받은 씨앗이 다시 젖을 참"(「씨앗의 시간」)에 자신의 예술적 정점을 구현해 가는 것이다. 그래서 '소리꾼=시인'이라는 등식은 존재론적으로나 수행적으로나 함께 그 의미를 온전하게 충족시켜 준다. 한없이 애잔하고 아름답고 융융하다.

제 그림자 빠뜨린 참 조용한 호수
웃음 웃는 돌배나무 잎이 진 풍경 위에
늦가을 적막한 오후가 희미하게 걸렸어

거울마다 다가가 그대 얼굴 담아보고
담장 밑 물소리가 五曲門을 지나는지
돌계단 바람 앞에서 찰랑찰랑 넘쳤어

댓이파리 좁은 길이 까치발에 몰려서
덩실한 앞산 한 채 등불 끄고 묵상하면
철 지난 바람 소리가 수초처럼 떠있네.

-「까치발 소쇄원」 전문

전남 담양에 있는 조선시대의 정원 '소쇄원'은 그 이름처럼 깨끗하고 청신한 예술혼의 거소居所로 모자람이 없다. 조용한 호숫가에 앉아 늦가을 적막한 오후를 맞고 있는 시인은 '그대 얼굴'도 거기에 담아보고 "담장 밑 물소리가 五曲門을 지나는" 것도 듣고 있다. "댓이파리 좁은 길이 까치발에 몰려" 들어올 때 "앞산 한 채 등불 끄고" 바람 소리를 들으면서 묵상을 하는 시인은 '적막-물소리-바람 소리'라는 고요의 배경 '까치발 소쇄원'에서 시원始原의 형상을 복원해 간다. 물론 여기서 말하는 시원은 유토피아나 유년 시절을 지칭하는 것이 아니라 지각으로는 근접하기 어려운 성스러움을 내장하고 있는 어떤 것이다. 어쩌면 그것은 훼손 이전의 순수 원형을 간접화한 형상이기도 할 것이다. 이처럼 김종 시인은 궁극적이고 본질적 실재에 다가가고자 예술이라는 가장 아름답고 신성한 과정을 거치면서 자신의 실존적 슬픔을 견디고 넘어선다. 이러한 불가피한 실존적 한계에서 발원하는 간절함을 들려주면서 자신을 후경後景처럼 두르고 있는 흔적들을 재현함으로써 시인으로서의 존재론을 완성하려는 것이다. 그 방법론은 다름 아닌 '시조'일 터인데, 이번 시조시집에는 시원의 형상에서 찾아내는 강렬한 예술혼이 시인으로서의 첨예한 자의식으로 간단없이 흐르고 있는 셈이다.

6. 심미적이고 온기 있는 사랑의 사유와 감각

최근 우리 시조시단은 각 작품의 주제보다는 시조를 써가는 언어적 방법이 우수성을 입증하는 척도가 되어가고 있다. 이는 한편으로 일탈적 미학주의의 과잉을 경계해야 할 정도라고 해도 좋을 것이다. 김종 시인은 이러한 조류를 거슬러서, 깊고 중중한 시원과 근원의 주제에 매달림으로써 정형 양식의 위의威儀를 굳건히 지켜간다. 그리고 그의 시조는 우리 시조시단이 현저하게 커다란 스케일의 퇴조를 보여주는 것과 맞서서, 현실을 제재로 하는 시조의 현실 연관성을 입증하려는 충일한 의지를 보여준다는 점에서도 매우 중요한 시사적 범례範例가 될 것이다. 물론 이러한 지향이 우리 시대의 또 다른 계몽적 의지로 나아가지는 않을 것이다. 그만큼 그의 균형감각은 강조되어 마땅하다. 그의 시조는 삶의 상처에 대한 기억을 순간적 잔상으로 점화함으로써 그 안에 상처와 예술이 맺는 유추적 연관성을 보여주는 첨예한 양식으로 진화해 가고 있기 때문이다. 그래서 시인은 자신의 기원과 함께 현재에 이르기까지 겪어온 시간을 노래함으로써 그것을 상상적으로 치유하는 제의 과정도 함께 치르고 있다. 그 점에서 그는 삶에 깊이 각인된 흔적들을 통해 자신의 기원과 현재형을 동시에 노래하는 시인이라고 말할 수 있을 것이다.

지금까지 우리가 읽어온 것처럼, 김종 시인은 '자연'과 '기원'과 '역사'와 '예술'에 대한 근원적 사유를 아름답고 활달하게 보여주었다. 그러한 대상들을 동등한 주체로 인지하면서 동시에 그것들과 내면의 등가적 결속을 속 깊게 개진하였다. 그와 동시에 자기 자신의 정체성을 본원적으로 탐구하는 데 가장 적절한 사유 형식으로서의 기억의 운동을 첨예하게 보여주었다. 이 모든 것이 마음의 존재이기도 한 실존의 조건을 넘어서면서 비가시적 '도道'를 구현해 가는 시인의 품격을 돌올하게 보여준 사례일 것이다. 나아가 김종의 시조는 현저한 대립성을 띠는 형질들을 독특한 사유로 통합해 가면서, 지상에서 결핍된 가치에 대한 탈환과 회복 의지를 보여주었다. 그리고 개인의 정서와 집단의 경험이 만나는 접점에서 기억의 형식을 만들어가는 것도 빼놓을 수 없는 김종 시조의 장처長處라고 할 수 있을 것이다.

궁극적으로 김종의 이번 시조시집은 개인의 기억과 공동체의 기억을 균형 있게 보여주는 세계로서, 이는 그가 시원의 스케일과 존재론적 기원 지향의 서정을 노래하면서도 점진적으로 공동체가 견지해야 할 가치를 강화해 가는 쪽으로 나아갈 것을 기대하게끔 해준다. 개인적 밀실로 칩거하거나 비현실적 몽상으로 치닫는 일은 그의 시조에 결코 나타나지 않을 것이다. 그 점에서 우리는, 김종 시인의 심원하고도 따뜻한 마음처럼, 그의 시조가 앞으로도 더욱 심미적이고 온기 있는 사랑의 사유와 감각을 보여줄 것을 믿는다. 그러한 과정을 통해 우리 시조시단의 맥이 굵고 아름답게 구축되어 가기를 마음 깊이 희망해 본다.